Chicco Sfondrini – Luca Zanforlin

VOLA VIA CON ME

Il nuovo romanzo di Amici

MONDADORI

Degli stessi autori
nelle edizioni Mondadori

A un passo dal sogno
Fra il cuore e le stelle

Crediti discografici
Tatuagem (traduzione libera): di F. Buarque De Hollanda - R. Guerra, Cara Nova Ed. Musical Ltda - Universal Music Publishing Ricordi srl
A te: di L. Cherubini - F. Santarnecchi, Soleluna srl -Universal Music Italia srl
Delirio: di I. Grandi - F. Sighieri © 2009 by Warner Chappell Music Italiana srl – P.za della Repubblica, 14/16 – 20124 Milano / Cose Da Grandi srl – V.le Amendola, 44 – 50121 Firenze
Io sono Francesco: di F. Tricarico, Universal Music Italia srl
Tutti i miei sbagli: di S.U. Romano - D. Dileo - M. Casacci, BMG Ricordi Music Publishing Spa - Essequattro Music Italia srl. Pubblicata su licenza di Carisch srl
Strade: di S.U. Romano - D. Dileo - M. Casacci, Universal Music Publishing Ricordi srl - Essequattro Music Italia srl. Pubblicata su licenza di Carisch srl
Nell'aria: di G. Bella - Mogol, EMI Songs - L'Altra Metà Edizioni - Nuova Gente
L'aeroplano: di F. Bianconi - R. Bastreghi, Universal Music Publishing Ricordi srl - Warner Chappell Music Italiana srl
Don't stop me now: di F. Mercury, EMI Music Publishing Italia

www.librimondadori.it

Vola via con me
di Chicco Sfondrini – Luca Zanforlin

ISBN 978-88-04-58631-9

I edizione marzo 2009

Indice

Vola via con me

Nota degli autori

I personaggi e gli avvenimenti narrati in questa storia sono tutti frutto della fantasia degli autori. Ogni somiglianza e riferimento a persone realmente esistite o a cose effettivamente accadute è da ritenersi puramente casuale. Cioè... è casuale, ma non vuol dire che non sia mai successo niente di simile.

«Da questa scuola non voglio uscire nemmeno se mi sparano. Perché entrarci non è stata una passeggiata. Perché nella scuola c'è il mio amore e non lo voglio lasciare tra le braccia di una persona sbagliata. Ma se devo andarmene non lo farò prima di averle dette tutte, le verità su *Amici*.»

1
«Puoi farmi vedere la mano?»

Sento pronunciare il mio nome. È il mio turno. Mi alzo. Tocca proprio a me. Quattro mesi di provini, quattro mesi di attesa, quattro mesi di insegnanti che da te pretendono l'impossibile, quattro mesi di domande, quelle con le quali Luca ci tortura, quattro mesi di limbo e ora... mi gioco tutto in pochi secondi.

«Puoi farmi vedere la mano?» mi chiede Maria.

La conosco questa frase. La pronuncia sempre quando si accorge che i ragazzi sono impauriti: vuole che il pubblico colga la loro emozione.

Non posso.

Non voglio.

Non devo.

Nessuno deve vedere la mia emozione.

Maria mi sta chiedendo di fare una cosa stupida, elementare per un ballerino che dovrebbe avere la perfetta padronanza del proprio corpo.

Inizio a sollevare il braccio sforzandomi di tenerlo parallelo al pavimento.

Il pubblico si zittisce di colpo.

Attimi che durano un'eternità.

Alzo il braccio. La mia mano, come la punta di una

freccia dura, rigida e lucente, andrà direttamente a colpire questo affronto, infilzerà la supposizione di Maria che mi vuole timido ed emozionato.

Eccola lì l'estremità del mio braccio.

Comincia a esitare.

Un leggero tremore si impossessa di lei.

E la mia mano diventa improvvisamente di un altro, quella tremante di un vecchio che non riesce nemmeno ad aprirla quel tanto che basta per prendere il resto che gli porge la cassiera. Al punto che quest'ultima per aiutarlo e toglierlo dall'imbarazzo gliela chiude dolcemente nella sua e infila con l'altra il resto nella tasca della sua giacca.

La mia mano diventa un'ala di farfalla alla vista di un fiore.

Maria mi sorride.

Il pubblico applaude.

E io mi sento un cretino, nudo. Ho freddo e per un attimo – solo per un attimo – dimentico che mi hanno preso.

«Idoneo! Complimenti, da oggi fai parte della scuola di *Amici*.» La voce di Chicco è sommersa dal boato del pubblico.

2
Ecco, sono io

"Come ti definiresti?"

Sono furbo.

Più furbo di Maria, di Luca e di tutti gli altri.

"Commenta la tua risposta."

Così c'era scritto sul questionario che ci hanno consegnato gli autori prima dei provini. E io l'ho fatto. Ho spiegato il perché.

> Sono furbo. So che qui, ad *Amici*, è importante ballare e tutto il resto, però so anche che se non fossi una persona interessante nella scuola non potrei nemmeno pensare di entrarci. Basta che guardi il programma e subito te ne accorgi. Anch'io, da spettatore, preferivo i ballerini "con le palle" per dire le cose in faccia, che sapevano reagire in modo divertente alle situazioni, che dimostravano di avere personalità, anche se magari non erano i migliori tecnicamente. Sono furbo nel senso che so benissimo che la mia passione per la danza non è sufficiente, è necessario anche essere capaci di raccontarla. E per fare questo parlo, mi spiego, spero...

Nel questionario c'erano domande di vario genere. Un modo escogitato per scoprire chi sono gli aspiranti allievi anche senza essere cresciuti insieme. Per questo motivo, per farmi conoscere, invece di *rispondere* semplicemente al questionario, ho preferito *raccontarmi*. Ho tirato una riga su tutte le domande e ho scritto su due fogli a parte quello che c'era da sapere su di me – come sono, chi sono – con parole mie. Luca l'ha notato subito e mi ha chiesto come mai avessi allegato due fogli al questionario.

Rileggere ora che sono nella scuola quello che avevo scritto quel giorno mi procura una strana sensazione, come se in quei fogli ci fosse un Marcello in via di estinzione, come le cabine del telefono...

Mi chiamo Marcello e vivo a Roma. Magliana. Come banda della... Mio padre fa il barbiere, ma prima è stato netturbino e calzolaio. Ha persino guidato gli autobus. Mia madre era la ragazza più bella del quartiere. Lo è ancora. Lei mi ha cresciuto insegnandomi a essere gentile con le ragazze. Mi dice sempre: «Ho sposato tuo padre non perché era bello ma perché era l'unico ragazzo gentile in tutto il quartiere... tu non vorrai sposare una bruttona, vero?». Ecco, io vorrei entrare nella scuola di *Amici* anche perché è il programma che mia madre preferisce e vorrei, durante la puntata finale del serale, leggerle una lettera in cui le dico quanto le voglio bene. Se vincessi, vorrei comprarle un paio di occhiali nuovi – quelli che ha, secondo me, non sono nemmeno giusti per lei, visto come strabuzza gli occhi quando guarda la TV –, e poi far mettere il parquet in salotto.

Da ragazzino ero sulla cattiva strada, voglio dire... non è che facessi il cattivello... Sulla cattiva strada volevo che ci fosse il mio nome prima o poi. "Cattiva strada Marcello."

Mio padre è barbiere ma avrebbe potuto benissimo fare il pugile, considerata la quantità di pugni che mi ha dato il giorno che mi ha trovato in tasca duemila euro. A quattordici anni. A modo suo mi ha spiegato che non era legale vendere i computer e i telefonini trovati dal Ghiro dentro un camion fermo all'autogrill, e che lui, un figlio ladro, proprio non lo voleva. Potevo scegliere: o diventavo scemo a furia di mazzate oppure onesto. Ho scelto la seconda strada, all'inizio solo per pigrizia, poi per convinzione.

Che mio padre faccia il barbiere lo si capisce da come porto i capelli: ho un ciuffo asimmetrico su una faccia che a Roma si dice "da impunito". O "da schiaffi", se preferite.

Mio padre ha inventato il talk-show, altro che Maurizio Costanzo! Nel suo negozio, se ci fosse una telecamera, si vedrebbe un vero spettacolo, che si ripete tutte le mattine. Lui affila il rasoio, entra Ninetto, che non deve fare niente, se non scroccare il giornale, poi è la volta del Poca luce, un caro amico occhialuto di papà, e si parte con il copione: primo com'è andata la Roma, secondo quale politico ha detto la cazzata più grande, e così via. Mio padre, tra un'insaponatura per la barba e uno shampoo, fa parlare tutti. E si ride.

Da papà ho preso l'allegria e un sacco di sberle. Dice sempre che se non ci fosse stato lui a quest'ora mi troverei a Regina Coeli. C'ha ragione.

Lui non ha mai pianto, penso. Anzi, no, una volta ha pianto di sicuro. Credeva che non me ne fossi accorto, invece l'ho beccato in camera sua che singhiozzava sotto le coperte. È stato il giorno in cui mi ha dovuto dire che non avrei potuto frequentare il liceo. Quel pomeriggio mi aveva raccontato che un suo amico stava cercando gente che volesse imparare a fare il muratore. «Ma che cazzo dici papà» l'avevo interrotto io. «Devo diventare avvocato, no? Che faccio, mi fermo?» «Sì, Marce'... ci sono famiglie che fanno nascere avvocati e famiglie che dall'avvocato ci vanno. Noi non siamo nessuna delle due. Mi dispiace, ma ho bisogno che tu lavori.»

«... E ballare?»

Mi guardò come per dire: "Ma allora non ci siamo capiti".

«Quando inizia il cantiere?»

Alla danza mi ci sono dedicato dopo il lavoro, coi soldi degli straordinari.

Io non ho studiato. Però ho letto quasi tutti i libri che mamma aveva sullo scaffale, quelli che si era fatta mandare per posta vent'anni prima grazie a uno di quegli abbonamenti ai classici della letteratura. Li ho letti tutti, ma senza farlo capire a nessuno. Mi vergognavo, non so perché. Prendevo dalla mensola Conrad, quello che praticamente s'è inventato *Apocalypse Now*, e rimettevo a posto Foscolo, un playboy totale, ma gentile e poeta; e poi Maupassant, l'unico che parla di sesso e di casini vari come se fossero successi a te, e Flaubert, che ha inventato un serial stile *Lost* – solo che nei suoi libri il finale si capisce –, e poi Proust... Di Proust ho letto solo il romanzo in cui un tipo, mentre assaggia un biscotto intinto nel tè, si ricorda improvvisamente della nonna e della sua cameriera, cioè viaggia nel tempo grazie a un tè... Chissà cosa c'era veramente in quella tazza! Insomma, non ho studiato, è vero, ma non mi sento così ignorante.

Sono magro (anche troppo) e mia nonna, ancora oggi, mi telefona (chiede sempre: «C'è Marcello?» come se non mi avesse chiamato lei sul cellulare) per sapere se mangio. Nonna era la settima di un sacco di sorelle, morte tutte sotto il bombardamento di San Giovanni, durante la Seconda guerra mondiale. Da giovane ha fatto la fame, sarà per questo che non sopporta di vedermi senza ciccia. Per lei essere obesi vuol dire *essere felici*. Con mia sorella ha avuto la meglio, ma con me non c'è riuscita.

Sento che qualsiasi cosa capiterà, qualsiasi cosa deciderò di fare, ci riuscirò. Penso che questo mio modo di affrontare la vita sia la cosa più bella che ho, naturalmente oltre al sorriso e agli addominali.

Sogno spesso una ragazza che vive nel mio quartiere. Mi piace perché ha un musetto come quello di una piccola volpe, i capelli ricci, tantissimi, e un fisico da sballo. Non molto tempo fa è diventata Miss Roma. Io spero che un giorno – sempre che io entri ad *Amici* –, se mi incontrerà in qualche discoteca, mi saluterà.

Voi fatemi entrare... non ve ne pentirete!

Ricordo che mentre finivo di scrivere la mia presentazione, era arrivata alle mie spalle una delle cantanti, una specie di Barbie mignon. Passandomi accanto si era fermata: «Sei triste?».

«No, perché?»

«Niente... Ti guardavo prima mentre scrivevi: eri tutto concentrato, serio serio, le sopracciglia che quasi si univano, come se stessi pensando a qualcosa di triste...»

«Pensavo a Miss Roma che non mi caga... e al fatto che mi illudo su un sacco di cose. Ma, visto che ora ci sei qui tu, ti spiace se penso a te per le prossime notti? Magari mi sparisce la faccia triste.»

«Perché vuoi farla sparire 'sta faccetta triste... è così carina!»

«Vuol dire che sarò sempre triste, allora. Piacere, Marcello.»

«Ciao, io sono Viola.»

In quel momento avevo capito che Barbie mi piaceva più di Miss Roma.

3
Scatto alla risposta

Mattia ha vinto *Amici* non ricordo più in quale anno. Adesso lavora tantissimo. Ha successo. E credo anche che sia felice con la sua Giada. Se non sbaglio hanno persino scritto uno o due libri su di loro, eppure loro sembrano resistere. Voglio dire, deve essere difficile continuare ad amarsi come se nulla fosse, quando sulla tua storia hanno scritto addirittura dei libri.

Comunque adesso Mattia è davanti a me, in studio, lo stesso dove ha mosso i primi passi nel mondo dello spettacolo. Capita a volte che i vecchi allievi tornino qui a raccontare la loro vita dopo *Amici*. Sono carini.

Intuisco che a Mattia questo studio fa uno strano effetto. Come a me. A lui però non trema niente, le sue mani sono ferme. Ha solo un leggero ritardo nelle risposte. Prima di aprire bocca fissa lo studio, si guarda attorno.

«Mattia, ti hanno chiesto come ti trovi a lavorare in Germania!» gli dice a un certo punto Luca.

«Scusa, stavo guardando quelle gradinate vuote. Sono come me le ricordavo, come quando su quei banchi c'eravamo io e i miei compagni. Sono anni ormai che il pubblico si siede lassù. Ci sta delle ore, a volte urla, altre ride, qualche volta piange... e continua a venire qui ogni sabato e da quest'anno anche la domenica. Mi stavo chiedendo se c'è un motivo...»

«Forse coincide con il tuo. Quando ti abbiamo chiesto di venire a incontrare la classe di quest'anno, ci hai messo un secondo a decidere, hai preso il tuo aereo da Francoforte e sei volato da noi...» gli risponde Luca.

Mattia ci pensa un attimo poi aggiunge: «Posso dire una cosa scontata? Tornano, e torniamo, perché in questo posto si avverte ancora un briciolo di magia. È un programma televisivo, è vero, ma qui io ci sono cresciuto. Grazie ad *Amici* sono diventato ciò che sono adesso. Mi piace questo studio perché qui le senti, le speranze, le voglie, le lacrime. È come se ronzassero nell'aria. Lo so, non sto dicendo nulla di nuovo, ma, vi assicuro, nei posti in cui mi sono ritrovato a lavorare – dove ci sono tanta avanguardia, tanta creatività e sperimentazione –, non ho mai sentito l'aria che respiro qui. Non ho mai trovato così tanta voglia di rischiare, di cambiare, di mollare tutto anche senza avere la garanzia di ricevere qualcosa in cambio. Avete presente una farfalla? Quando è ancora un bruco chiuso nel bozzolo mica lo sa quali colori avrà un giorno sulle ali, non sa neppure se le avrà, eppure, continua a costruire il suo bozzolo. Poi, a un certo punto, si libera del suo involucro e si lascia cadere. Le ali si schiudono in quell'istante. Che farfalla sarà, ma prima di tutto se riuscirà ad aprire le ali e a volare, lo scoprirà durante la caduta libera... senza garanzia, senza rete. Oh cazzo, ho fatto un esempio che non c'entra?»

«Abbastanza» gli risponde sorridendo Luca «anche se abbiamo capito cosa intendi. Qui i ragazzi si mettono in gioco senza avere garanzie, ma se lo fanno e hanno anche un pizzico di fortuna...»

«Forse» lo interrompe Mattia «è più... un luogo dove *si diventa*. Cosa c'è di più bello di questo?»

Mentre lo ascolto, mi vien voglia di chiedergli come va con Giada. La loro storia è una delle poche cose di *Amici* che ho seguito. Viola mi precede.

È proprio carina la mia Barbie cantante. Su Facebook ha quattrocentododici amici. Quasi tutti maschi. Belli. Tra loro ci sono pure io. Peccato che io sia quello con la foto del profilo più brutta: ho una tale faccia da sfigato...

Dopo il nostro incontro alle selezioni, Viola e io siamo diventati amici. Certo, se una sera volesse *rovinare* l'amicizia e venire a dormire nella mia stanza non ci sarebbe nulla di male... Voglio dire, a me lei piace. Mi è piaciuta da subito. Alle selezioni ci siamo scambiati la mail e ci siamo scritti tutta l'estate. Il suo album "Vacanze al mare" su Facebook l'avrò guardato, come minimo, tremila volte. Lei in bikini e con la cannuccia del mojito tra le labbra. Lei che sorride in mare aperto appoggiata a un gommone. Lei abbracciata a tre maschi muscolosi che la sollevano. E poi la foto sulla quale mi soffermo un secolo: lei in una finta posa da calendario sexy, con indosso solo le mutandine del costume, il seno nascosto dalle mani, che sembra una manciata di qualcosa di buono che cerca di scapparle di mano. E poi mi fa impazzire la sua risata, probabilmente diretta a chi le stava scattando la foto. Spero fosse una e non uno... Una risata folle, come se stesse per darti un bacio sulla bocca. Almeno, è così che la immagino io in quel momento, se mai un giorno riuscirò a baciarla. È bella.

La osservo adesso mentre si mangia con gli occhi Mattia. Vorrei guardasse me con quegli occhi vivaci...

Mattia le risponde su Giada. Stanno bene insieme.

Certo, si vedono poco, lui a Francoforte, lei a Milano. «Forse per questo funziona» commenta Mattia.

Dopo la chiacchierata con noi, Mattia va al centro dello studio e si esibisce. È proprio bravo. È cresciuto. Ora è un ballerino completo, quello che vorrei diventare io. Sono stufo di essere un danzatore mediocre capace solo di eseguire una serie di passi uno dopo l'altro. Voglio diventare uno che sappia parlare ballando, che usi la danza per spiegarsi meglio, e non per nascondersi. Forse è un problema di età e... di cervello.

Mattia ci saluta, deve ripartire per Francoforte.

I miei compagni e io percorriamo il corridoio che conduce fuori dallo studio. Succede tutto in un istante. Avverto una presenza alla mia destra: è lei, la mia Barbie cantante. Mi afferra il braccio e ci si aggrappa in quel suo modo particolare, come un cucciolo in cerca di calore, solo che lei non è un cucciolo... Si stringe a me e mi dice sognante: «Mattia e Giada... Certe volte una si stufa di fare sempre casini, di fare tardi, di farsi andare bene le persone solo per paura di dormire da sola. Certe volte vorrei avere una storia vera...». Non parla di noi, ne sono certo. Una volta mi ha persino detto che, se mai ci dovesse essere qualcosa tra noi, si tratterebbe solo di gran sesso. Punto. A queste sue parole avrei voluto rispondere: "Dove si firma per prenotarsi?", ma un secondo dopo averle pronunciate, lei aveva iniziato a parlare di Amy Winehouse e di come fosse messa male. Non credo volesse portarmi a letto allora, così come ho capito benissimo che adesso non sta parlando di me... Eppure mi piacerebbe... sia andare a letto con lei sia *stare* con lei.

Quando salgo sul pullman che ci riporterà al residence le mando un SMS:

> Da stasera non mi trovi più su Facebook. Annullo il mio account. Ero pieno di amici che non conoscevo nemmeno. Però lo riapro domani e come amica voglio avere solo te. Vuoi?

Quando entro in camera mia, nel residence, arriva la sua risposta.

> Sì.

"Sì" è sexy.

Peccato che poi esca con un tipo che è passato a prenderla con una macchinona. Lo bacia sulle labbra prima di salire in auto. Assisto alla scena dalla finestra della mia stanza. Fortunatamente mi sposto prima che lei mi veda. Le mando subito un messaggio:

> Mi chiedo se questo tizio ti piace davvero o se hai solo paura di dormire da sola... Se non ti piace torna presto e vieni da me. I miei compagni di stanza sono usciti tutti. Lascio la porta aperta.

Zero risposte.

Passa un'oretta e arriva un messaggio. Io sono sotto la doccia, mi precipito fuori dal bagno nudo e gocciolante... Quando parlano di "scatto alla risposta" credo intendano questo.

Leggo il messaggio.

> SÌ

In maiuscolo, capite?

E maiuscolo è stato quello che è successo dopo tra di noi...

4
Che bella classe di sciacalli!

Antonio torna al posto.

Ha appena perso la sfida contro di me.

La Celentano non lo ama per niente. Se è per questo non ama nemmeno me. Di Antonio dice che salta bene, ma non si può certo definire un ballerino. Di me che se mi dedicassi solamente all'hip hop – magari per strada in mezzo a un branco di homeless neri, riuniti attorno a un bidone con il fuoco dentro per scaldarsi –, forse una mia ragione di esistere come ballerino ce l'avrei. Sarà per questo che quando, sollecitata da Maria, ha dovuto scegliere tra noi due, ha fatto una smorfia come a dire: "Mi chiedi di scegliere tra due tipi diversi di cacca". Insomma, alla fine, il meno peggio sono risultato io. Peccato che, come al solito, lei, la super molleggiata, abbia voluto per forza chiudere il suo commento dicendo che, comunque, Antonio un ballerino non lo diventerà mai.

Maria lancia la pubblicità.

Antonio torna al suo posto, vicino a Viola, e mentre si siede sussurra: «Quella è una puttana». Viola ride, perché ogni tanto ad Antonio parte proprio la brocca e dice cose forti, esagerate. Un attimo dopo, poi, è il primo a pentirsene. Il fatto è che nel posto in cui vive è stato abituato così. Abita a Napoli, in un quartiere dove sono già morti parecchi giovani, "sparati da fuoco amico". Lì, i ragazzi come lui, che vivono praticamente per strada, non possono permettersi tante sfumature. Devono imparare a decidere in fretta se chi si trovano di fronte è un amico o un nemico. Lui si è portato questo modo di fare anche dentro la scuola. Vive così tutti gli incontri. E la Celentano è una nemica, senza sfumature, purtroppo.

Torniamo in onda e Maria chiede ad Antonio di andare davanti alla commissione.

Viene mostrato un filmato registrato durante lo stacco pubblicitario nel quale si vede bene Antonio che torna arrabbiato al suo banco e, furioso, dice *a modo suo* che la Celentano è una sua nemica...

Rivedersi lo fa ridere. Però capisce subito la gravità della situazione e mette insieme una giustificazione: «Non parlavo di lei, ma di una ragazza che conosco e che avevo visto tra il pubblico...».

Nessuno gli crede.

Nel filmato è molto chiaro che si riferiva alla Celentano.

Solo ora, rivedendo ancora una volta la scena, Antonio si rende conto che ha esagerato pronunciando quella frase. Chiede scusa, ma solo perché non può fare altrimenti.

A me suscita una grande tenerezza. I nostri compagni, invece, fanno smorfie, come a dire: "Stavolta l'hai combinata davvero grossa, non ci si comporta in questo modo". Non proprio tutti, è vero, ma la maggior parte di loro si atteggia così. Lo guardano come se di colpo fosse diventato un *dead man walking*. Hanno già capito che se hanno tirato in ballo la questione, con tanto di filmato, la commissione ha già deciso che Antonio non la passerà liscia. E si schierano al volo con il più forte, cioè con la commissione. Questa cosa mi dà sui nervi...

Ora sta parlando la Celentano, alla quale gli altri professori hanno chiesto di proporre una punizione: «... pertanto chiedo che venga allontanato dalla scuola immediatamente».

Cosa? Fuori?

Antonio guarda gli insegnanti in cerca di aiuto, sperando che qualcuno intervenga in suo favore. Nessuno fa una mossa. Solo Garrison gli fa un timido sorriso. Gli altri professori hanno tutti la faccia di cemento.

Allora si gira verso di noi, *i suoi amici*. Io gli sorrido ma non mi vede. Vorrei dirgli di stare tranquillo, perché la cosa si risolverà di certo. La sua faccia si sofferma a turno su tutti gli altri compagni, che lo guardano come se avesse ucciso qualcuno. In molti alzano la mano per chiedere la parola. Non c'è bisogno di essere psicologi per capire che vogliono dire tutti più o meno la stessa cosa, e cioè che ha sbagliato, che non lo si può proprio giustificare né difendere. E infatti i compagni che intervengono dicono questo. Persino il migliore amico di Antonio, Gabriele, sostiene che sia giusto punirlo severamente, con una sospensione magari, certo non cacciandolo.

Che bella classe di sciacalli!

Maria, dopo una serie di interventi tutti simili, chiede se qualcuno di noi la pensa diversamente.

«Io» dice Viola alzando la mano. Parlando ai nostri compagni, dice: «A chi non è capitato di avere una reazione violenta, almeno una volta nella vita?». E poi, rivolgendosi alla commissione: «Perché punirlo in modo così severo? Certo, quello che ha detto è grave, ma siamo ragazzi... Pensate che qualcuno qui dentro possa seriamente mettere in discussione le qualità della Celentano a causa di quella parola detta in un momento di rabbia? D'accordo, Antonio l'ha offesa pesantemente, ma le ha chiesto scusa, anche se in ritardo. Adesso gli avete fatto fare una bella figuraccia davanti alle telecamere... Basta così, non trovate?». Rivolgendosi di nuovo ai compagni continua: «Sapete una cosa? Voi mi fate schifo, proprio tanto. Gli insegnanti fanno il loro mestiere, giudicano, ma voi? Chi credete di essere? E voi sareste degli artisti?».

Qualcuno tra i banchi inizia a rumoreggiare, ma non si sente bene perché dal pubblico parte un applauso. Un boato. Viola sembra meravigliata di tutto questo appoggio. Lo studio ha deciso di stare dalla sua parte.

«Chi la pensa come lei?» interviene Maria.

Io mi alzo al volo e vado a sedermi vicino a Viola: «La penso anch'io così. I processi televisivi mi hanno sempre fatto paura. Antonio arriva da una situazione difficile, lo sappiamo tutti. E poi... cos'è successo di così imperdonabile? Ha insultato un'insegnante in un momento di rabbia. Uno sbaglio, ok, ma non facciamolo diventare qualcosa di troppo grande. Nelle scuole italiane succedono cose ben più gravi: video di professoresse col tanga in bella vista su YouTube, ragazzini che picchiano i compagni, maestri violenti e bidelli pedofili. Perché dobbiamo fare finta che il mondo sia perfetto? Perché siamo in TV? Io sto con Viola... cioè sto dalla sua parte!».

Non ricevo tanti applausi.

Forse la gente vorrebbe vederlo punito, Antonio.

Torno a sedermi e guardo Viola estasiato. Lei si aggrappa al mio braccio, come fa sempre e, veloce, mi sussurra all'orecchio: «Ti adoro, sai?».

Mi piacciono le persone come lei che hanno coraggio e buon senso. Che non sono pronte a passare sul cadavere di nessuno per diventare qualcuno. È con gente come lei che vorrei percorrere la mia strada. Però se mi guardo attorno, ne vedo veramente poche di persone così. Devo tenermela stretta, Viola, starle vicino.

I professori si ritirano per decidere quale punizione dare ad Antonio. Lui è in disparte, da solo, in attesa. Io gli vado vicino, per fargli compagnia, ma lui mi fa capire che preferisce starsene per i fatti suoi... A quel punto torno da Viola, l'unica della classe che mi interessa.

«E adesso?»

Lei mi risponde che tanto sa come finirà.

«Mi è piaciuto quello che hai detto prima, sai?»

«Be', io sono malata... Devo sempre difendere chi è in difficoltà, a prescindere... Mi sa che è proprio una malattia.»

«Hai fatto quello che sentivi e basta» le dico dandole una pacca sulla spalla. Non appena mi rendo conto che la sto trattando come farei con un vecchio amico che mi ha appena regalato i biglietti della Roma per la finale di Champions, mi blocco, imbarazzato... Lei mi guarda sorridendo, forse non le è dispiaciuto affatto.

«Non riesco a trattenermi, sai? Alle superiori una professoressa cretina chiamò alla lavagna il mio amico Vito tre giorni dopo la morte di suo padre. Si giustificò dicendo che il quadrimestre era quasi finito e lei un voto glielo doveva pur assegnare. Vito andò alla lavagna con la stessa faccia che aveva poco fa Antonio. La prof alla fine gli diede quattro. A suo dire era stata persino di manica larga, dal momento che aveva tenuto conto della sua difficile situazione familiare. Io non sono riuscita a stare zitta. Ho dovuto dirle che secondo me era stata una bastarda. Sì, proprio così. Che gli insegnanti a scuola dovrebbero certo insegnare valori positivi ai ragazzi, ma anche metterli in pratica per primi, aiutando soprattutto gli allievi che si trovano in difficoltà. Lei invece non aveva guardato in faccia nessuno, proprio come succede tra gli adulti nella vita di tutti i giorni. Se non lo si fa a scuola, in quale altro posto si devono capire le ragioni degli altri? Mi ha fatto sospendere e, visto che mi aveva messo contro anche gli altri professori, ho dovuto rifare la seconda. Eppure questa è ancora una delle cose di cui vado più fiera...»

Ora non mi viene da darle una pacca sulla spalla, ma un bacio. L'intenzione era di darglielo sulla guancia ma vado lungo e... glielo stampo sulle labbra. Chi se ne frega se gli altri ci vedono.

Alla fine Antonio è stato sospeso. Un mese a casa e un esame di riammissione. Se non lo supererà, sarà definitivamente fuori da *Amici*.

5
E questa Gioia chi è?

Da qualche giorno c'è una nuova insegnante di canto. L'avevo già intravista alle selezioni, ma non sapevo nulla di lei.

Trovo la sua scheda sul sito di *Amici*. Sotto la sua foto, che non è venuta per niente bene, leggo:

> Giovanna Gioia è una madre felice, del segno della Vergine, adora fare immersioni e insegna canto da quindici anni in tutte le più prestigiose scuole di canto in Italia e all'estero. Ha collaborato con alcuni grandi protagonisti della musica italiana. A Los Angeles ha lavorato con Quincy Jones e a Londra con Brian Eno. *Vocal coach* e direttrice di incisione per la Sony. Da quest'anno collabora con *Amici* come insegnante di canto.

Vocal coach? Lei mi sembra seria e preparata, solo che mi hanno un po' rotto quelli che per definire se stessi hanno bisogno di nascondersi dietro a una lingua straniera. Sarebbe come se, per non dire che sto con Viola, dicessi che è la mia *girlfriend*...

Avrà al massimo quarant'anni, non è alta ma è ben proporzionata. Ha una camminata un po' da pantera, flessuosa e potente allo stesso tempo. Si capisce che si sente carina, pur non essendo affatto una modella. Ha una faccia strana, con una bocca larga e labbra carnose, e una carnagione scura, da donna del Sud. E poi, ecco, mi sembra passionale. I ballerini sostengono che per sapere come fa l'amore qualcuno, basta vedere come danza. Be', Giovanna mi dà l'impressione di essere una che balla bene... io un passo a due con lei lo farei volentieri...

A essere sincero, mi sembra una che vuole riuscire a tutti i costi, come me; che non ha combinato ancora niente che la faccia sentire a posto con se stessa, proprio come me; una che per ottenere ciò che vuole sarebbe capace di passare sopra tutto e tutti... diversamente da me, almeno spero. L'ho capito da come si comporta: cerca sempre di distinguersi, di stare fuori dal coro. Ogni volta che deve ascoltare qualcuno cantare, alza lo sguardo in modo plateale, come per dire: "Ecco ti ascolto", e poi china nuovamente il capo sul suo quadernone. Durante l'esibizione non fa che prendere appunti, come se per ogni respiro ci fosse una valutazione e un voto. Cosa darei per poter leggere quello che scrive!

A lezione si presenta vestita bene ma in modo piuttosto sobrio, in studio invece non manca mai di mettere in risalto il suo bel seno e il taglio degli occhi un po' orientaleggiante. Si trucca e si pettina in maniera sempre diversa. Sembra una di noi, che nella scuola cerchiamo di farci notare, oltre che imparare. Si capisce che non vede l'ora di essere riconosciuta. Quando firmerà il suo primo autografo probabilmene avrà un piccolo orgasmo...

Mi sorride sempre. Lo faccio anch'io con lei. Adoro piacere alle donne più grandi di me. Mi fa andare su di giri.

6
Noi professori

Era tanto che non provavo una stanchezza piacevole.

Guardando Amici *in* TV *proprio non si riesce a capire quanto si lavori in questa scuola. I ragazzi arrivano alle nove e mezzo del mattino e fino alle sette di sera si spostano come palline da flipper tra una sala di canto e una di ballo o di recitazione. Noi professori abbiamo solo il tempo di un caffè a metà mattina e uno a metà pomeriggio. E non si tratta solamente di "insegnare una materia" ai ragazzi, il che, di per sé, ve lo assicuro, sarebbe già molto. Dobbiamo offrire a tutti loro anche sostegno morale.*

Ogni ragazzo, infatti, ha la sua storia. C'è Sonia, per esempio, una cantante costantemente in bilico tra voler dimostrare quanto vale e nascondersi. È sempre attenta al giudizio degli altri e basta una parola non ponderata per creare una catastrofe. Oggi le dico senza troppi giri di parole che quando canta respira male. In pochi istanti si trasforma: da farfalla torna bruco, gli occhi le diventano grandi, enormi e gonfi di pianto, e una lacrima le riga la guancia. Seguono venti minuti di parole in libertà, un lamento senza fine. Vi è mai capitato che una sirena vi svegli nel cuore della notte? Tu sei lì, a letto, e vuoi soltanto che quel rumore infernale finisca, che il fastidio snervante che produce cessi. Con-

ti i secondi, i minuti, ma non succede nulla... Tu sei lucida e impotente. Fissi la sveglia: in teoria hai ancora cinque ore di sonno, ma quella sirena non si decide a smettere, proprio come Sonia, che continua il suo lamento mentre io fisso l'orologio appeso in aula chiedendomi quanto manchi prima che la campanella suoni e mi salvi da questa nenia.

Alla guerra non c'è mai fine e subito dopo Sonia ecco arrivare Valentina. Deve preparare Se telefonando, *ma continua a ripetermi che l'italiano non le è congeniale, che preferirebbe cantare in inglese. Le rispondo che in una scuola non ci può essere una lingua congeniale, che non può ancora permettersi di scegliere, che potrà farlo, semmai, quando diventerà una cantante. Fintanto che rimane qui, però, proprio non le è consentito.*

Segue una scenata al limite dell'isteria. Piange anche lei e mi dice che forse questo posto non fa per lei, che ogni mattina non appena realizza che si trova nella scuola di Amici *le sale l'angoscia, che non sopporta il fatto che le telecamere la spiino in continuazione, muovendosi in sincrono con i suoi spostamenti. Che vuole andarsene e smettere di soffrire.*

Soffrire?

Io a sentire le sue ultime parole vorrei gridare, dirle che ha ragione! Non solo può ma deve *andarsene. Perché è una viziata ingrata, e si dimentica che fuori di qui ci sono perlomeno tredicimila ragazzi che vorrebbero essere al suo posto e che a chi studia canto le lezioni costano più di cinquanta euro all'ora. Soprattutto vorrei dirle che là fuori c'è tantissima gente che si alza alle cinque del mattino per fare un lavoro vero – che magari nemmeno ama –, ma invece sto zitta. Faccio un respiro profondo, mi stampo un sorriso sulla faccia e con voce calma e sicura – che nasconde la noia di quel momento – le dico che si sta sbagliando di grosso, che non deve arrendersi alla prima difficoltà, ma portare pazienza.*

«Nella professione che hai scelto» le dico «gli ostacoli sono

all'ordine del giorno. Noi professori crediamo nel tuo potenziale e siamo convinti che farai molta strada.»

Le mie parole però non le bastano.

«Io stavo bene prima. Ogni tanto andavo al karaoke, mi mangiavo una pizza, bevevo una birra e poi cantavo. Per quel momento ero la regina della serata, la gente nel locale mi applaudiva e io per un minuto ero felice. Questo voglio, non chiedo di più. Non mi va di stare a pensare a quante sigarette non posso fumare, o di angosciarmi perché un giorno ho la voce bassa. Non mi interessa essere simpatica e sorridente tutti i santi giorni dell'anno.»

Mentre l'ascolto, nella testa mi passa di tutto, ma il mio ruolo ora mi impone di non dire quello che penso realmente. Le parole di noi insegnanti vengono soppesate, analizzate, caricate di significati che a volte possono risultare fuorvianti e deleteri. Soprattutto qui, dove tutto viene ingigantito dalla presenza delle telecamere. Quindi opto per un abbraccio. Non sono costretta a parlare e Valentina è contenta.

Suona la campanella, ma la giornata non è ancora finita!

È il turno di Elisa, una ballerina magretta molto graziosa, ma con lo sguardo duro, quasi cattivo. Eppure lei non è affatto così. La sua è una maschera. Forse in passato è stata ferita e ora vuole solamente difendersi. Nella mia materia, comunque, il problema non è questo. La sua voce è... a dir poco raccapricciante. Per chi, come me, si nutre di musica, ascoltare questo supplizio non è facile. Non appena inizia a cantare, io mi assento mentalmente, penso alle cose che dovrò fare una volta a casa: il cane da medicare per quella cisti che gli ho fatto togliere, i compiti di mio figlio da correggere o da fare – da quando sono qui tutto il giorno, lui se ne infischia e ci riduciamo sempre a completarli dopo cena –, la lavatrice da svuotare – non ho avuto tempo di farlo e sono due giorni che la biancheria lavata sta nel cestello... quasi sicuramente prenderà quell'odore di pioggia e di muffa – e la mia ceretta... Ormai ho delle gambe che le liane di Tarzan in confronto sono fili di canapa!

La mia giornata finisce alle sette di sera, dopo una carrellata di storie e personaggi che attentano minuto dopo minuto alla mia pazienza. Un'ora di raccordo anulare e poi finalmente a casa!

Stranamente, però, dopo una giornata pesante come questa, una volta che mi ritrovo sdraiata nel mio letto, mi scopro felice, stanca ma grata di questa spossatezza. Contenta di aver provato di nuovo la gioia di annoiarmi, di arrabbiarmi, di emozionarmi. Questi ragazzi, la scuola di Amici *mi hanno ridato un motivo per tornare ad ascoltare e ascoltarmi. Per tornare a sentire il mio corpo e la mia mente.*

Fino a pochi mesi fa la mia vita era, come posso dire?, congelata. Da quando lui se n'era andato, avevo smesso di sentirmi e spesso mi sembrava di osservare la mia esistenza dalla platea di un teatro. Io seduta lì, su una comoda poltroncina di velluto, e in scena una me stessa che, per non sentire il dolore, aveva scelto di attaccarsi alla monotonia dei gesti quotidiani: svegliarsi, preparare la colazione per mio figlio, andare al lavoro e poi di nuovo a casa, al sicuro. Ma alla fine della giornata sentivo di non aver fatto nulla, di essere stata solo un'esecutrice di azioni ripetitive, prive di significato. Mai un sopracciglio alzato, mai una curiosità, mai un respiro di vita.

Mi ero rifugiata nel ruolo di mamma perché la vita mi aveva tolto quello di moglie.

Mi ero rintanata nel lavoro perché la vita mi aveva sottratto l'amore.

Quando Giorgio se n'era andato, il mio cuore era diventato un macigno.

Una sera, dopo quindici anni di matrimonio, mentre io sparecchiavo e nostro figlio guardava la TV, *mio marito, senza nemmeno girare la testa verso di me, aveva pronunciato solo una frase: «Credo sia finita».*

Il piatto che avevo in mano, senza che io potessi oppormi in alcun modo, si era liberato dalla mia presa e aveva trovato il pavimento in un attimo. Nella stessa posizione, l'istante successivo, c'era anche il mio cuore. Sordo e in mille pezzi.

Feci finta di nulla, non gli risposi nemmeno, ma mi girai a guardarlo. Lui era ancora lì, seduto a tavola, immobile, con lo sguardo fisso nel vuoto.

Nemmeno una parola.

Due ore dopo, in camera da letto, dopo essersi spogliato, aver indossato il pigiama e prima di spegnere la luce, la seconda frase: «Domani mi cerco un appartamento qui vicino».

Nessuna lacrima.

Nessun dolore.

Solo un pugno violento allo stomaco.

E nella testa una domanda che aveva preso vita ancor prima che decidessi di formularla: «C'è un'altra?».

«Non ha importanza» mi rispose lui spegnendo la luce.

La saracinesca era caduta, un tonfo improvviso e violento.

In quel momento si spezzò qualcosa in me.

In quel momento smisi di sentirmi, di ascoltarmi.

Il mio letto è rimasto vuoto, il lato in cui dormiva Giorgio intonso. Per entrarci ho sempre sollevato solo l'angolo di piumone dalla mia parte.

Ieri ho raccontato la mia storia alla Celentano. Non so nemmeno io com'è successo. Io e lei stavamo parlando di altro, poi il discorso ha preso una piega diversa e... ho iniziato a parlarle di me, di Giorgio, della nostra storia. E stamattina, per la prima volta da quando se n'è andato mio marito, mi sono svegliata nel suo lato del letto.

Oggi sono sola e finalmente felice di esserlo.

7
Il Peter Pan della Magliana e la sua Campanellino

Negli anni scorsi, la Celentano era uno dei motivi per cui guardavo *Amici*. Era divertente vederla in lotta con il resto del mondo. Lei che sbatte in faccia la dura realtà ai ragazzini che sognano troppo. Mi divertiva soprattutto pensare che con me sarebbe stato diverso, che in me lei avrebbe trovato uno con la risposta pronta alle sue frasi esagerate.

Oggi, però, non mi riesce di stare calmo né trovo divertente quello che sta accadendo.

Maria a un certo punto, durante la diretta, mi chiede di alzarmi dal banco e di andare al centro del palco, perché la Celentano vuole mettere in discussione il mio banco.

«Per quanto riguarda Marcello, lui non è un ballerino di danza jazz. Potrei accettare la sua permanenza nella scuola solo se si proponesse come ballerino di hip hop, altrimenti...»

«No, Alessandra, non mi sta bene. Io sono un ballerino. Punto. I recinti che metti tu alla danza a me non interessano.» Mi sembra di aver detto qualcosa di forte ma lei non fa una piega.

«Sappi che da questo istante metto in discussione il

tuo banco e se i miei colleghi valuteranno le mie motivazioni con un briciolo di obiettività, tu sarai fuori da questa scuola entro oggi pomeriggio.»

Eccola qua, la Celentano che mi divertiva vedere in televisione. Ora però non mi piace per niente.

«A meno che...» interviene Maura «tu non accetti un piccolo compromesso. Potresti rimanere come ballerino di hip hop.»

Se cambiassi categoria non avrei problemi. Alessandra non avrebbe più niente contro di me se fossi un ballerino di hip hop. Tutto tornerebbe tranquillo... La testa inizia a ciondolarmi. Sembra dire no – anzi lo sta proprio facendo – molto prima che io realizzi di volerlo fare.

È una questione di attimi. Tra il pubblico riconosco un volto, che finora era rimasto nascosto tra le migliaia di facce presenti nello studio... Non è possibile che sia lui! Mio padre... là, davanti a me, in mezzo a tutta quella gente, che mi sorride. Vedendolo mi torna in mente la volta che mi ha raccontato di Carlo, suo fratello minore. Mio zio negli anni Settanta si definiva punk, e come tutti i punk cantava *No future*. Solo che non andava oltre l'ascolto dei Sex Pistols e dei Ramones. Voglio dire... niente creste, niente spille infilate in bocca e niente sputi sui passanti. Solo un chiodo testimoniava la sua "fede", eppure dentro... si è sempre sentito punk. L'unico rimasto, diceva ancora qualche tempo fa. Sono certo che anche mio padre sta pensando a lui, il punk di Albano Laziale, che mentre perdeva tutti i capelli definiva la cresta roba da pagliacci. Adesso fa il commercialista e ha un figlio con la cresta! Ma continua a sostenere che la strada facile porta nei posti facili... proprio lui! Ecco, guardo mio padre e penso che quel racconto mi ha insegnato a non cercare scappatoie. E capisco che la mia risposta può essere una sola.

«No. Resto un ballerino jazz e accetterò il giudizio dei professori. La strada più facile non mi interessa!»

Nello studio esplode un «Noooo» corale, poi però il pubblico mi applaude.

Mi giro verso Viola.

È l'unica della mia classe a non piagnucolare. Ha capito, perché anche lei è fatta come me.

Di lì a poco arriva il giudizio della commissione: Steve mi salva, Maura mi salva, Garrison mi salva... Tutti, tranne Alessandra ovviamente, votano in mio favore. Ce l'ho fatta! Marcello batte Celentano uno a zero.

Tutti i ragazzi della mia classe mi corrono incontro, ma io scappo dal loro abbraccio. Sì, scappo! Proprio come un calciatore che, dopo aver segnato, desidera ringraziare un compagno solo – quello che gli è stato vicino nei momenti della panchina – e perciò gli corre incontro scansando tutti gli altri. Io faccio la stessa cosa. Evito tutti e corro verso Viola. Solo lei, solo il suo abbraccio mi interessa.

«Solo tu, solo tu» le sussurro all'orecchio stringendola tra le braccia, quasi fosse un ritornello. Mi scendono persino le lacrime, che le sue labbra cancellano subito, per non farle vedere agli altri.

«Ho una sorpresa per te... stasera la vedrai» mi dice prima di baciarmi sulla bocca.

Mentre finisco di infilare le mie cose nella borsa per poi andare a prendere il pullman che mi riporterà al residence, fantastico su quello che mi ha detto Viola. Chissà che cosa vuole farmi vedere! Le mie fantasie non sono diverse da quelle di qualsiasi ragazzo della mia età: la sua collezione di biancheria intima o le sue scarpe tacco undici o i suoi oli essenziali con i quali massaggiare i nostri corpi oppure tutte queste cose insieme. Poi però mi fermo, mi obbligo a non andare oltre.

Mentre sto salendo sul pulmino, Viola mi afferra per un braccio: «Marcello, io non torno con voi. Sto fuori qualche ora, ma ci vediamo da me più tardi, ok?».

Un bacio veloce e poi corre via.

Vorrei sorprenderla, farle capire quanto bene le voglio! L'illuminazione che aspettavo arriva mentre sono sotto la doccia. Esco dal bagno mezzo bagnato, mi vesto velocemente e cinque minuti dopo sono a cavallo della mia Vespa-sputa olio.

Non è passata un'ora e un ago punzecchia già la pelle della mia spalla.

«Come lo vuoi questo delfino?» mi chiede il tizio del negozio. Non gli va proprio giù che io voglia tatuarmi un delfino...

«Non se lo fa più nessuno, ormai» mi dice in un estremo tentativo di dissuadermi. «Perché non un tribale?»

"Perché Viola per me è un delfino" vorrei rispondergli, ma che senso avrebbe? Tanto non capirebbe...

«Perché amo nuotare e... il mare» dico soprappensiero. «Certo che anche una farfalla... Fermo!»

Il tizio sta perdendo la pazienza.

Da quando ho messo piede nel suo negozio, mi ha fatto vedere centinaia di disegni e ormai è deciso a tatuarmi proprio il delfino che non gli piaceva.

«Ragazzino, guarda che è l'ultimo dubbio che ti concedo, poi non mi fermo più, anche perché fuori ci sono tre ragazze che aspettano... Si può sapere che cosa vuoi adesso?».

«Hai presente Campanellino di Peter Pan?»

L'ha presente, ma è disgustato dall'idea. Recupera il disegno dal suo blocco e me lo mostra.

«Esatto! Questa! Vai, giuro che non cambio più idea.»

Campanellino è il personaggio più romantico che ci sia al mondo. Vola grazie alla polvere magica. Pur essendo gelosa di Wendy, consuma tutta la sua magia per salvarle la vita.

Sì, per me Viola è come Campanellino, una fatina alata che mi accompagna nel mio volo. Perché ora per me, che da sempre mi sento Peter Pan della Magliana, è arrivata l'ora di volare!

Pago e in un attimo sono fuori. La spalla è tutta arrossata, perdipiù il tatuaggio, che ho sbirciato allo specchio prima che me lo coprisse con la garza, non mi sembra molto chiaro. Il tizio mi ha assicurato che tra qualche ora, non appena si sfiammerà un po' la spalla, andrà tutto a posto. Speriamo...

Volo al residence con la mia Vespa scassata. Visto che le marce entrano solo ogni tanto, mi faccio tutta la strada del ritorno in seconda. In prossimità del residence, freno e spengo il motore per non schiantarmi sull'entrata. Il cavalletto si spacca sul marciapiedi e la moto cade a terra con la solita grazia.

Viola si affaccia dalla finestra della sua stanza. Sono l'unico il cui arrivo è annunciato dal suono di ferraglia in decomposizione.

«Dài, vieni! Abbiamo un appuntamento io e te!»

Vi è mai capitato di salire le scale facendo tre scalini in uno? Io lo faccio ora per la prima volta.

Entro nella sua stanza. Luci soffuse, una musica brasiliana... è il remix di una vecchia canzone di Chico Buarque, che ci ha fatto sentire Vessicchio la settimana scorsa – lui adora la bossanova! Si intitola *Tatuagem* e il testo, in italiano, dice più o meno così:

Vorrei stare sul tuo corpo trasformato in tatuaggio, / un po' per darti coraggio quando viene la notte e poi per proseguire il viaggio. / E anche per trasformarmi in un tuo schiavo per cui se anche provi a mandarmi via, a dire che non vuoi, a cancellarmi, non mi puoi lavare via. / E riposare, morto di fatica, tra i muscoli esausti del tuo braccio.

Non sapevo che piacesse anche a Viola.

Vedo la sua mano spuntare dalla porta del bagno. Mi fa segno di sedermi sul suo letto. Poi spunta una gamba... niente tacchi... e niente olio sulla pelle... Spero almeno... Niente! Niente biancheria super sexy... "È quasi meglio così" penso mentre Viola esce dal bagno con indosso una magliettona lunga fino al ginocchio. "Non voglio banali scene da film tra me e Campanellino."

«Ora ti mostro una cosa che resterà solo tra noi» mi dice con un sorriso delizioso mentre si avvicina a me. Quando mi è di fronte, si gira e solleva un po' la maglietta. Sulla parte alta del sedere ha un tatuaggio appena fatto, ancora arrossato, ma si capisce bene che cosa rappresenti. PETER PAN!

«L'ho fatto per te! Quando ti ho visto alle selezioni ho subito pensato che sei Peter Pan e se tu vuoi...»

Eccoci catapultati in una scena da film: io le appoggio un dito sulle labbra per dirle di tacere e mi tolgo la maglietta.

Viola sorride, forse pensa che voglia saltarle addosso. Invece mi levo la garza e mentre mi volto di spalle le dico: «... E se tu vuoi mi piacerebbe che fossi la mia Campanellino!».

Lei osserva il mio tatuaggio ma non dice una parola. Fa un respiro profondo. Mi volto verso di lei e vedo una lacrima piccola scorrerle sulla guancia. A quel punto mi stringe forte, mi bacia finché diventiamo le due facce dello stesso tatuaggio.

Ora è sdraiata sul suo letto accanto a me. Ride: «Pensa che il tipo dei tatuaggi voleva farmi un delfino... Che cagata, no?».

8

E non la smette di fissarmi

Mio figlio Matteo mi ha fatto notare che la classe di Amici *di quest'anno sembra uscita direttamente da* Shrek*: Katia, la cantante, è identica ad Azzurro, il principe che cerca di separare Shrek e la sua bella. Marco, il ballerino, ricorda Ciuchino, l'asino compagno di avventura di Shrek, Paola, la ballerina, è tale e quale a Fiona, la principessa innamorata dell'orco. Marina, la ballerina di classica, poi, è la copia della Fata Madrina. Devo ammettere che ha ragione: ora che li ho sott'occhio tutto il giorno mi sono accorta che la somiglianza è impressionante...*

Quest'anno, quanto a polemiche, Amici *è partito in quarta! Stranamente, però, non a causa della Celentano – che comunque ha già individuato le sue vittime –, ma della Paparo, la coreografa di hip hop.*

Maura ha passato tutta l'estate a dire a noi professori che alle selezioni si erano presentati dei veri talenti nella sua materia, ragazzi imperdibili che avrebbero dato lustro alla scuola. Poi, a una settimana dall'inizio della trasmissione, ci siamo riuniti tutti con Luca per formare la classe e la povera Maura è rimasta a bocca asciutta. I suoi colleghi di danza, infatti, non hanno valutato idoneo all'ingresso nella scuola nemmeno uno dei suoi protetti. La più convinta era la Celentano che, ogni volta che Maura proponeva un ragazzo, con fare fermo e deciso apriva la sua scheda, rileggeva il giudizio steso durante i provini e, senza nemmeno alzare lo sguardo, diceva: «È di legno, non sa nemmeno dove stiano le linee. Forse se si mette a studiare da oggi per l'edizione di Amici *del 2015 sarà pronto. A quel punto non ci saremo noi, perciò è inutile parlarne».*

Quindi, come da copione, Maura ribatteva: «Con te è inutile ragionare, Ale! O apri gli occhi o qui non cambierà mai nulla. Come fai a non capire che i tempi sono diversi, ma la guardi mai la TV*? Li guardi i videoclip?».*

Alessandra da parte sua non si risparmiava, anzi, rincarava la dose: «Grazie al cielo la mia vita è piena di altre cose e non mi imbrutisco davanti alla televisione a vedere MTV *e cose simili, dove la gente si dimena come fosse indiavolata e le ragazze carine sculettano tutto il tempo senza capire perché».*

Insomma, tutte le volte che si toccava l'argomento, dovevamo subire una discussione interminabile e senza soluzione tra la Paparo e la Celentano, che di solito terminava con Maura che si alzava e abbandonava la stanza.

Il programma è partito ormai da qualche settimana e, durante lo speciale di oggi – sabato – Maura, senza alcun preavviso, chiede la parola. Punta il dito su Marina. Secondo lei non c'è ragione per cui la Celentano debba esaltarla così tanto. Continua la sua arringa dicendo che non trova giusto che quest'anno ci siano due banchi di danza classica e nessuno di hip hop e, nello stupore generale dei suoi colleghi, fa entrare cinque ballerini di hip hop.

I ragazzi sono colorati, energici e improvvisano un ballo-sfida dove si alternano con salti, scivolate, giravolte sulla testa e gambe in aria. Alla fine dell'esibizione, Maura afferma orgogliosa che questi sono cinque talenti e che non è giusto che non occupino almeno un banco nella classe. A questo punto, propone alla commissione che il banco di Marina venga ceduto a uno dei suoi ragazzi.

Apriti cielo.

Con la stessa violenza negli occhi di un toro che vede rosso, la Celentano impugna il microfono e si scaglia verbalmente contro Maura: «Ma cosa diciiiii??? Tu non stai bene... Maria, non esiste, non esiste proprio. Tutto questo è ridicolo. Ma con quale coraggio chiedi il banco di una ragazza che si è sudata il diritto di stare qui?».

«Con lo stesso coraggio con il quale tu e tutti i tuoi colleghi avete detto di no a questi ragazzi. Alessandra, io sono stanca di essere l'ultima ruota del carro!»

«Bella, non è un problema mio, e non deve essere nemmeno di questa ragazza! Non sto dicendo che a questi ragazzi non debba essere riconosciuto un banco, ma che Marina non si merita di lasciare il suo. E poi contesto il modo in cui lo stai chiedendo...»

«Pensi che sia piacevole insegnare in una scuola senza avere almeno un allievo che rappresenti la tua danza?»

«Lo vedi, allora, che il problema è tuo? Non è questa la sede per discuterne e certo non puoi aggiudicarti il tuo banco sulla pelle dei ragazzi! No, Maura, dovevi pensarci prima, parlare con noi insegnanti, con gli autori, a tempo debito.»

«Eh no, ciccia! Decido io come e quando farlo. Io ora voglio chiedere alla commissione di votare la mia proposta.»

Maria prende in mano la faccenda per evitare che la discussione degeneri. È fantastica in queste situazioni. L'ho osservata attentamente: è incredibile come sia serena e rilassata nel tenere tutto sotto controllo. Sempre pronta a far rientrare qualsiasi "casino" e a rendere comprensibile quello che succede.

«Giovanna tu per chi voti?» mi chiede.

E io come al solito mi lascio cogliere impreparata, persa

nei miei viaggi mentali. Maria capisce e aggiunge: «Alessandra o Maura?».

Io di getto rispondo: «Alessandra» ma non so nemmeno perché. Quasi mi stupisco di aver formulato il suo nome. Fino a pochi mesi fa non avrei mai pensato di pronunciarmi in suo favore. Prima di conoscerla la odiavo, la consideravo una donna livorosa e acida, pronta a tutto pur di ottenere il suo momento di gloria. Osservandola da vicino, però, ho capito che è una persona "vera", onesta.

Vince Alessandra.

I miei occhi incontrano quelli di Maura. Leggo il suo labiale che mi dice: «Grazie».

Inizia la sfida a squadre.

Il primo a esibirsi, per la squadra della Luna, è Marcello, un ballerino. Questo ragazzino ha qualcosa di magnetico, tanto che mi sorprendo spesso a guardarlo più del dovuto. Proprio come sto facendo ora, mentre si toglie la felpa e i pantaloni della tuta per danzare. Ha un fisico asciutto, nervoso, da ragazzino, sì, ma con già qualcosa di adulto. Il suo petto è levigato. A guardarlo mi torna in mente quando mia madre mi faceva il bagno, da piccola. Dopo mi faceva sdraiare sul suo letto e con un guanto di crine mi strofinava tutta la schiena. Alla fine di questo speciale massaggio la mamma mi spalmava la crema che, una volta assorbita, mi lasciava addosso la sensazione di avere una pelle radiosa, luminosa. Passavo interi minuti a sfiorarla con i polpastrelli.

Marcello ora è proprio davanti a me, nello studio echeggia la voce di Jovanotti:

A te che sei / semplicemente sei / sostanza dei giorni miei / sostanza dei sogni miei...

Lui rimane davanti a me. Fermo, con le gambe larghe. Si abbraccia e mentre lo fa mi guarda fisso negli occhi. Istin-

tivamente mi sfioro con i polpastrelli le spalle nude e sento la faccia infiammarsi. Lui continua a guardarmi. Alla fine sono io a cedere. Abbasso lo sguardo e non appena lo rialzo incontro quello di Grazia che mi chiede se va tutto bene.

«Sì, sì. Mi sa che era solo un abbassamento di pressione, qui fa molto caldo» le rispondo, sorridendo. Il rossore, lo sento, non è ancora passato. Le tempie mi pulsano. E sono costretta a uscire dallo studio per prendere una boccata d'aria.

9
La mia vittima preferita

In *Zoolander*, uno dei miei film preferiti, Ben Stiller interpreta un modello famosissimo. E fa morire dal ridere perché è un modello scemo che ha fatto i soldi con i suoi "sguardi". In poche parole lui si è inventato una serie di sguardi – hanno nomi diversi, ma sono tutti uguali! –, uno per ogni occasione: uno da usare nelle sfilate, uno per le foto di copertina dei giornali e così via. Lo sguardo che lo ha reso famoso in tutto il mondo l'ha chiamato "blue steel"... Be', se lui ha il "blue steel", io ho il "killer look".

Infatti ho scoperto di avere lo sguardo killer. La mia vittima preferita è la nuova insegnante di canto, Giovanna Gioia.

Con lei me la godo un casino. Mi sono accorto che se la guardo – se le fisso le gambe oppure i capelli o il viso – quando passa nei corridoi, lei arrossisce. E a me piace da matti farla arrossire. La vedo improvvisamente indifesa, senza barriere, quando le piazzo gli occhi in faccia.

In questa scuola sembra che gli unici autorizzati a guardare siano loro, i professori. Delle volte, mentre stai in aula, ti senti addosso gli occhi di qualcuno degli autori o degli insegnanti che ti osserva dietro al vetro senza che tu possa farci niente. Io con Giovanna faccio la stessa cosa. La fisso, aspetto che lei se ne accorga e poi distolgo lo sguardo.

Oggi, durante la diretta, al termine di un'interminabile discussione tra Alessandra e Maura, finalmente ballo. E mentre lo faccio la guardo. Sono a torso nudo. Alla fine della coreografia devo abbracciarmi e poi guardare in camera, come a dire: "... mmmh, che ti farei!". Lei è sulla traiettoria che i miei occhi devono seguire per arrivare alla telecamera. Invece di proseguire li fermo su di lei. La guardo intensamente mentre stringo il mio torso nudo. I suoi occhi nei miei, poi il suo sguardo scivola sul mio petto, lucido di sudore. Diventa rossa, come sempre. Dopo la mia esibizione Maria chiama la pubblicità e lei corre fuori, a fumare credo. È bello sapere di avere un potere del genere su qualcuno.

Quando torno al banco, Viola mi assale: «L'ho capito dal primo giorno che mi stava sulle palle».

«Ma che ti ha fatto?» le chiedo con un filo di voce.

«Ti guarda un po' troppo e questo mi basta per rendermela antipatica... e poi anche tu... Non ti accorgi di come la guardi? Lo hai fatto anche poco fa. Tu la fissi e lei... ti adora, si vede. Mi sta sulle palle. Lo so che è impossibile che ti piaccia... è un cesso, poi è troppo grande e non è nemmeno niente di speciale. Tu però stalle lontano. Sarebbe capace di promuoverti in canto per un succhiotto ben fatto.»

Mi sento come un pugile suonato. Spero riparta in fretta la diretta così Viola la smetterà di dire tutte queste verità...

10
Che cosa mi sta succedendo?

Sto riguardando la puntata che abbiamo registrato ieri, in questa domenica mattina noiosa in cui non succede nulla, persino il gatto non gratta la porta del balcone per uscire.

Sono avvolta nella coperta di cachemire che ho comprato a Megève l'inverno scorso, nelle mani una tazza di tisana al finocchio, e con un occhio chiuso e l'altro aperto guardo la puntata.

Sembro una di quelle donne viziate, alla Sex and the City, *che pensano di meritare molto più delle comuni situazioni in cui si trovano a vivere.*

Ecco il momento dell'imbarazzo. Ecco il momento in cui Marcello mi si para davanti. La soggettiva è diversa da come potevo immaginarmela, la regia ha scelto di mostrare Marcello da dietro. Così scopro la figura di merda che ho fatto: sembra che al posto della faccia abbia una lampadina che pulsa come se il filamento al suo interno stesse per rompersi. Vedo Grazia che mi chiede qualcosa e poi, girandosi verso la Scalise, l'altra nuova insegnante di canto, fa una faccia come a dire: "Questa è matta".

Inquadratura di nuovo su Marcello che, tornando al posto fa l'occhiolino a qualcuno, ma non capisco a chi.

È la regia a dirmelo. Subito dopo stacca su Viola.

Spengo la TV.

Mi sento stupida, una ragazzina deficiente alla sua prima cotta. Vado in bagno a sciacquarmi il viso, mi vedo riflessa nello specchio: sono tutta rossa.

«Perché hai spento?» Sento la voce di mio figlio provenire dal solotto. Mi sono dimenticata che stavo guardando la trasmissione con lui.

«Scusa amore, accendi pure, ero soprappensiero» rispondo.

Torno in salotto che lui ha già riacceso la TV.

La regia indugia sui primi piani di Viola e Marcello.

«Mamma, com'è quel Marcello?»

«In che senso?»

«È un bravo ballerino?»

«Sì, credo di sì, anzi no. Non piace alla Celentano... lei sostiene che può fare solo hip hop anche se mi sembra di aver capito che la sua categoria sia jazz» rispondo un po' infastidita.

«Be', è figo però! Ha una bella faccia, dei bei capelli e poi si veste strano.»

«Ma cosa dici? I ragazzi indossano sempre la tuta. Sono tutti vestiti uguali.»

«Sì, ma lui, vedi, ha sempre qualcosa di particolare... tiene i calzettoni a righe sopra la tuta, non porta le stesse scarpe degli altri ballerini e poi ha quella cresta che lo fa sembrare un personaggio dei fumetti. Ma sta con quella cantante bionda? Come si chiama? Viola giusto?»

«No, non credo... Boh, non lo so. Là dentro sono tutti amici e dopo un po' magari finiscono per confondere i sentimenti... Ma dimmi, tu la trovi carina?» gli chiedo pentendomi subito della domanda.

«Be', sì, mamma. Quella non è bella, è proprio figa!»

«Basta con questo linguaggio, Matteo, quante volte te lo devo ripetere che non si usano queste parole?! A te piacerebbe se ti dicessero che la tua mamma è... quella parola lì?»

«Ma dài, mamma. Tu sei la mia mamma, sei grande, che

c'entra. Vabbe', dài, comunque ammazza se è carina Viola. Sembra una Barbie...»

«Dici? Non so, io la trovo abbastanza insignificante. Certo, carina è carina, ma non so, ha qualcosa di respingente. Invece... per esempio, vedi quell'altra?» Indico il televisore: «Lei secondo me è molto carina, ha un viso da gatto, un gatto nero, uno di quelli che se li intravedi di notte ti auguri che non vengano nella tua direzione... È elegante, magnetica, si chiama Elisa, fa la ballerina. Non è più bella, lei?»

«No, assolutamente no! Viola è la più figa della scuola» sentenzia.

Presa da una rabbia inspiegabile, mi alzo e vado in camera. Mi butto sul letto, cerco di non pensare a nulla. Apro il libro che da più di due mesi staziona sul mio comodino. Leggo, ma non capisco. Torno indietro, rileggo i passi, ma la mente non registra nulla. Mi alzo di nuovo e mi siedo davanti alla specchiera. Spalmo della crema idratante sulle mani, mi spazzolo i capelli, ma nulla, un vortice di confusione mi sta spazzando via. Non riesco a concentrarmi su niente. Sono irrequieta.

Cosa succede?

Perché sono così agitata?

Di che cosa ho paura?

"Giovanna, stai calma, ragiona, razionalizza. Ok, hai avuto un brivido alla vista di un ragazzino che ti guardava. Be', che c'è di male? È carino, ha un bel corpo e tu per un attimo hai dimenticato il tuo ruolo. E poi, il fatto che mai prima di oggi ti sia soffermata a fantasticare su un ragazzino, vorrà pure dire qualcosa, no? Forse Marcello ha qualcosa di speciale, qualcosa che ha risvegliato istinti sepolti da troppo tempo. Sì, è sicuramente così..."

«Mamma, vieni! C'è Viola che canta!»

«Arrivo, amore. Arrivo...»

11
«Voglio che tu conosca la tua voce»

Qui devo cantare e lo sapevo.

Quel che non sapevo era che per farlo prima di tutto bisogna conoscere la propria voce. L'ho capito solo oggi, durante la mia prima lezione individuale con Giovanna.

«Prima di tutto, sdraiati» mi dice lei appena entro in aula. «Voglio che tu conosca la tua voce.» Poi mi si avvicina e mi appoggia una mano sul plesso solare.

«Ora raccontami qualcosa che ti sta particolarmente a cuore.»

La sua mano è così calda...

Io inizio a parlare della prima cosa che mi viene in mente, purtroppo: «I preliminari... perché nessuno ti dice mai quanto sono importanti i preliminari in amore?».

«Perché nessuno se li sa godere veramente, nessuno è tanto bravo da godersi l'amore... Perché di questo stavi parlando, vero?»

Non mi aspettavo questa intromissione. Continuo a parlare liberamente, come mi ha chiesto. La sua mano ancora sulla pancia.

«Dicevo... quando gli insegnanti o i genitori ti spiegano il sesso, nessuno di loro ti dice che, per stare bene con la tua ragazza è necessario partire dalle coccole, insomma dalle carezze. Scusa, Giovanna. Scusa se ho tirato in ballo...»

«Non ti scusare, ne hai parlato con garbo e senza volgarità. Era un discorso che avevi in testa e non c'è assolutamente niente di male a farlo ad alta voce, anzi. E poi, non sai quanto hai ragione... Comunque, volevo che parlassi di qualcosa perché forse non ti sei mai reso conto di quanta voce venga dalla pancia... metti la tua mano qui!» Mi prende la mano e con decisione la conduce sul suo addome, caldo e piatto. Poi ricomincia a parlare. E allora capisco quello che vuole dirmi. Quando parli, credi che sia una questione di bocca, di lingua e invece è l'aria che proviene dalla pancia a dare colore alla voce.

Dopo aver tolto la mia mano dal suo addome, Giovanna continua il discorso: «L'altra cosa che voglio insegnarti oggi – oltre al fatto che pure io considero molto importanti i preliminari – è che la tua voce, o meglio quella che gli altri sentono, non coincide mai con quella che pensi di avere. Quel fastidio particolare che provi quando la ascolti in una registrazione deriva da questo. Sembra quasi che non ti appartenga nemmeno... Ti sarà capitato qualche volta, immagino. Sappi che a me la tua voce piace e che ho voglia di sentirla, perciò... canta!».

Fa partire una base musicale e, dopo avermi consegnato un foglio con il testo, mi fa segno di iniziare a cantare.

Saranno le sue parole, o la familiarità che si è creata fra noi, ma io mi butto. Canto come un matto, senza chiedermi cosa può pensare di me. E per la prima volta in vita mia non stono! Per la prima volta mi diverto a cantare, quasi come quando ballo.

Alla fine della lezione sono entusiasta. E pieno di gratitudine nei confronti di Giovanna, che mi ha insegnato a fidarmi della mia voce. Prima di uscire dall'aula mi viene spontaneo abbracciarla con calore, perché mi ha regalato qualcosa di speciale, perché tra noi si è creata una bella atmosfera e... perché ho toccato la sua pancia calda. Lei ricambia il mio abbraccio e ridendo mi dice: «Ecco, anche se non è proprio consono alle regole di comportamento della scuola, questo è un gran bel preliminare, non trovi? Alla prossima, Marcello».

Rido anch'io in risposta alla sua battuta e me ne torno in sala relax. Mi sento ancora addosso il calore del suo abbraccio. Della sua pancia. E delle sue parole.

Sono immerso in quel torpore bello e strano, quando alle mie spalle arriva Viola. Mi dà una pacca sul sedere come a dire: "Ciao tesoro". Provo a farlo pure io con lei, ma è più veloce di me e scappa via.

Rimango solo.

Mi guardo allo specchio.

I ballerini devono per forza entrare in contatto fisico con i loro insegnanti. È inevitabile. Ma quello che è appena successo con Giovanna, be', non era affatto necessario... Forse per questo è stato così piacevole. Come quando entri in contatto con qualcosa di esclusivo e speciale, di diverso...

Tornato al residence, mi ritrovo a cantare sotto la doccia.

Penso a Giovanna.

Viola vuole che usciamo a bere qualcosa insieme. Ma non ne ho voglia, sono troppo impegnato a cantare. Alla prossima lezione Giovanna sentirà che voce!

12
Vorrei perdere la testa

Ai provini sono passato grazie all'appoggio di Steve. Anzi, no. Grazie al fatto che ho ballato meglio, molto meglio del solito.

Se c'è una cosa che vorrei fosse chiara da adesso in poi, è questa: io non sono bravo, ma ho un talento pazzesco. E se riuscirò a diventare un vero ballerino, sarà perché ho due palle così. I professori mi serviranno solo per un tratto della mia strada. Steve? Se ha riconosciuto il mio potenziale, ha fatto soltanto il suo lavoro. Punto. E se gli altri capiscono bene, se no impareranno a farlo. Perché gli insegnanti dovrebbero fare il loro lavoro senza puntare a diventare protagonisti... dovrebbero cercare di capirti e non rubarti la scena, mi spiego? Mi sembra che alcuni professori della scuola, invece, di tanto in tanto si dimentichino che sono qui per noi, per aiutarci a fare nostra una disciplina e non per farsi belli davanti alle telecamere. Non tutti però.

Grazia Di Michele e Gabriella Scalise non sono così. Mi piacciono molto per la loro serietà nel lavoro. Magari dico una cazzata, ma mi sembrano un po' la sinistra di *Amici*, mentre Jurman è la destra. Loro sono accomodanti, pensano a coltivare la libertà degli allievi; Jurman, pur avendo lo stesso obiettivo, sembra credere di essere l'unico che sa come arrivarci.

Poi c'è la Gioia... I primi tempi l'avevo giudicata male... pensavo volesse fare la primadonna. Ma non è così. Mi piace, Giovanna. Si vede che nella sua carriera da corista dei migliori cantanti del mondo se l'è goduta. Adoro le donne come lei, che hanno avuto tante esperienze. Mi attirano perché mi danno l'idea di saper vivere. Non è una donna bellissima, ma è sexy, provocante, diversa dalle altre insegnanti. Grazia e Gabriella, per esempio, pur essendo molto carine, non ci giocano mai, non so se mi spiego. Giovanna invece... sa di piacere e ci gioca, eccome.

Quello che è successo stamattina lo dimostra.

Viola e io l'abbiamo incrociata in sala relax. Stava canticchiando il ritornello di una canzone che non conoscevo, *You're So Vain* di Carly Simon. Lo faceva guardandomi negli occhi.

Viola si è subito irrigidita. Mi ha tirato per la borsa, come a dire: "Andiamo via".

Giovanna, sempre senza togliermi gli occhi di dosso, mi ha detto: «... che tradotto vuol dire: "Sei talmente gasato che pensi che questa canzone sia per te"». Poi è scoppiata a ridere. Infine, prima di uscire dalla saletta, mi è venuta vicino e mi ha chiesto, appoggiandomi una mano sulla pancia: «E la tua voce? Hai provato a sentirla?». Quindi rivolta a Viola: «A quarant'anni ti sei già scordata com'è la pancia piatta e tonica di un ragazzo di vent'anni; dimentichi proprio che esistano gli addominali degli uomini...».

«Ci penserò sopra, signora...» le ha risposto Viola stizzita, strattonandomi via.

«Goditeli... gli addominali scolpiti passano... come l'amore!» ha concluso la Gioia uscendo.

Dopo un nanosecondo Viola mi ha messo al muro: «Odio essere gelosa di qualcuno, soprattutto quando lo sono senza motivo, perché escludo che a te quella possa piacere. Però ti assicuro una cosa: se ti mette le mani addosso un'altra volta, mi incazzo, ma non con lei... con te». E poi mi ha dato un pugnetto in pancia, non forte ma comunque abbastanza doloroso. Mi ha mollato lì, con le mani sullo stomaco.

«E lavoraci su quegli addominali, stavi quasi per vomitare per un pugnetto! Gli addominali passano, come le voglie delle babbione!» ha concluso andandosene.

Oggi pomeriggio Patrick, l'insegnante di recitazione, ha chiesto a me e ad alcuni compagni di fare una foto della nostra vita in questo momento: uno alla volta, siamo dovuti andare davanti allo specchio a confessarci. Tutti gli altri intorno ad ascoltare.

Quando è toccato a me, ho parlato di tutto, anche di Viola, come uno scemo...

Mi rivedo ora, nella puntata che va in onda di notte.

Nel video ho una faccia spaurita e persino il mio taglio di capelli, che finora mi era sembrato figo, è spento, come i miei occhi.

Parlo troppo.

«Sto osservando la foto della mia vita. Sfocata. Senza contrasto. Io mi trovo sullo sfondo, come nelle foto di classe. Invece dovrei essere il protagonista. Sono solo uno dei tanti ragazzi della mia età e questo non mi va. Mi sento normale, il che è peggio. Dovrei sentirmi straordinario. Ho anche una ragazza stupenda... Ma preferirei non parlarne. Sono ad *Amici* e pur essendo a metà della classifica di gradimento del pubblico, ho capito che piaccio... Nonostante ciò mi sento troppo normale, non ho ancora fatto nulla di così straordinario da poterlo raccontare da vecchio, niente di pazzesco da scrivere da qualche parte. Se c'è una cosa pazzesca che mi piacerebbe fare e non ho il coraggio di farla? Sì, almeno credo. Vorrei mandare tutto all'aria, perdere la testa, anzi prendere a testate questo grigio che mi sento dentro e intorno. Ecco, perdere la testa come quelli che vanno a fare l'ennesimo provino e bum, di colpo, quasi senza accorgersene, diventano delle star. Oppure come quelli che sono totalmente fuori di testa e magari finiscono male, ma almeno hanno una storia da raccontare. Non so se mi capite... Vorrei spaccare. Come un pezzo musicale che va dritto dritto in testa alla classifica, come una moto, che appena viene messa in vendita, tutti la vogliono... Vorrei...»

«Ami la tua ragazza?» mi interrompe Patrick.

«Certo che sì» rispondo io «cioè... non ce lo siamo mai detti... E poi parlare d'amore, mi sa che porta sfiga. Mi spiego: dire "ti amo", "per sempre" in un mondo come il nostro mi sembra prima di tutto uno spreco, poi una bugia. Uno dice "ti amo" e poi? Dopo tre anni si ritrova a tradire la sua donna con la sua migliore amica... Ecco, ho sempre desiderato innamorarmi di botto di qualcuno o qualcosa, come ricevere uno schiaffo. Sto con questa ragazza che adoro, però né lei né io siamo tipi che si buttano senza paracadute... Io vorrei amare senza chiedermi se io o la mia ragazza abbiamo o meno il paracadute. Correre il rischio di schiantarmi, magari. Penso che solo così, andando incontro al pericolo con coraggio, da vecchio, potrei avere qualcosa da raccontare...»

Patrick annuisce. Lui è uno che ha molto da raccontare. L'ho capito da come ha ascoltato le ultime parole del mio discorso.

«Una cosa pericolosa potrebbe essere toccare il sedere alla Celentano?» ironizza Patrick.

«Una specie. Anche se quello che vorrei è molto di più... Non intendo solo qualcosa di trasgressivo, quello che vorrei è proprio l'incendio...»

«Basta così» mi interrompe Patrick. «Marcello, dentro sei pronto, ma continui a usare troppe parole per dire che la tua vita ti fa schifo. Se vuoi un consiglio, molla subito la ragazza che stai frequentando. Se non lo fai tu ora, lo farà lei non appena saprà quello che hai detto.»

E in effetti, quando ci siamo visti al residence dopo le lezioni, Viola mi ha aperto come un ombrello. Katia le ha raccontato della lezione di Patrick. Mi ha urlato che per lei quello che c'è tra noi significa "stare insieme", ma che se non è quello che voglio, devo dirglielo chiaramente. Io le ho spiegato il mio punto di vista. Ho parlato, parlato, parlato e alla fine l'ho convinta. Sarà che probabilmente è pazza di me, perciò ha creduto alle mie parole, al fatto che quello che abbiamo mi basta e che non desidero altro. Non ho potuto raccontarle che non è sempre così, che l'altra mattina, per esempio, mi sono svegliato accanto a lei, ma avevo appena sognato di fare l'amore con Giovanna... Chissà poi perché l'avrò sognata?

13
È un casino se si odiano

Oggi Viola e io siamo andati a fare la spesa. Abbiamo comprato qualche birra e un po' di cazzatine da mangiare insieme. Stasera serata di coccole. Mentre siamo in coda dietro una signora piena di roba parliamo dell'esame di canto. Viola è brava, ma con Giovanna proprio non ingrana. Ho paura che questo in qualche modo la penalizzi. Non posso nemmeno pensare che uno di noi due esca dalla scuola. Rischieremmo di volare via ognuno per la sua strada. Trovarci qui insieme rende tutto bello, fuori chissà se staremmo bene allo stesso modo! E poi mi preoccupa questa tensione tra Giovanna e Viola. Ognuna di loro mi piace, in modo diverso e per motivi differenti. È un casino se si odiano.

«Oggi ho avuto la conferma di una sensazione che ho da un po' di tempo. La Gioia mi odia... e poi considera solo i maschi, si capisce proprio. Da quando faccio lezione con lei, non è riuscita ancora a insegnarmi niente. Non mi viene nemmeno di salutarla se la incrocio nei corridoi...»

Non ho mai capito come nascano queste antipatie tra donne... E poi quando me ne accorgo ormai è troppo tardi. Sarà che ho sempre la testa fra le nuvole. Probabilmente queste tensioni le devi cogliere appena nate altrimenti non le prendi più.

«Fammi capire bene, per favore. A te sta sulle palle e questo è chiaro. Ma perché dici che lei ti odia?»

«Per quello che è successo oggi durante la lezione che Barbara e io abbiamo fatto con lei.»

Barbara è una che canta bene e suona il piano da dio. Però sembra una specie di extraterrestre: alta e magra, dà l'impressione di aver vissuto da un'altra parte del mondo prima di entrare ad *Amici*. Ha una gran personalità, mi piace. Quando suona, ogni volta, alla fine del pezzo, anche se sbaglia una nota, guarda tutti come per dire: "Visto come sono brava?".

«La bastarda era già in aula che suonava il pianoforte mentre aspettava» continua Viola. «Non ha mai fatto la cantante solista, questo è il suo problema. Darebbe un milione di euro per entrare nella scuola e sedersi dall'altra parte del pianoforte. Per avere la nostra maglietta addosso. Invece deve limitarsi a fare l'insegnante e si capisce benissimo che la cosa non le va a genio e che cerca qualsiasi pretesto per fare la protagonista.»

«Non ti seguo... Raccontami meglio, per favore, altrimenti non capisco» faccio io.

«Barbara e io siamo state dieci minuti in piedi davanti a lei ad aspettare che finisse il pezzo che stava suonando. A un certo punto si è fermata – ma solo perché si è incasinata con un passaggio –, ha alzato gli occhi e salutato Barbara. Poi ha guardato me, facendo finta di sforzarsi di ricordare il mio nome. Lo conosce benissimo, ma ogni volta mette un impegno speciale per dimenticarselo.

«"Tesoro" mi fa, lo sai quanto odio quelli che mi chiamano tesoro, "proviamo a cantare", e sai che odio anche quelli che usano il plurale a vanvera. "Cantiamo la canzone di Carly Simon?" Inizio piano, mi godo le parole, sto per arrivare al ritornello ma lei: "Stop. Fa schifo, manca grinta, tesoro. E poi smetti di tenere il tempo con il dito sul microfono: è da dilettanti!". Io allora ricomincio, ma rifaccio tutto uguale. Mi ferma ancora. In testa, già dall'inizio della lezione, mi ronzava il ritornello di quella canzone di Tricarico che fa: "Puttana, puttana, puttana la maestra". Probabilmente è anche per quello che ho sbagliato a prendere qualche nota. A un certo punto lei tira fuori una specie di fazzoletto da un cassetto e mi fa: "Se ti bendo forse capirai meglio cosa devi esprimere. Tu cantando devi trasmettermi un'emozione! Apri il tuo cuore!". Ha fatto qualche passo verso di me per bendarmi, ma io le ho bloccato il polso e l'ho guardata negli occhi. Poi a bassa voce le ho detto dove doveva mettersi quel fazzoletto... Lei evidentemente ha capito benissimo e mi ha mandato fuori urlando.»

Sì, non c'è dubbio. Viola odia Giovanna e Giovanna non la sopporta...

La signora davanti a noi ha finito di sistemare la sua roba nei sacchetti. Tocca a noi. La cassiera alza gli occhi, guarda sia me sia Viola e poi, cercando di capire se mettere il divisorio di plastica con su scritto "prossimo cliente" tra me e lei, ci chiede: «Siete insieme voi?». «Sì, siamo insieme» diciamo noi due quasi in coro. Siamo insieme, già...

14
Quella ragazzina...

Come si fa a rimanere imparziali in certe situazioni?

Quello dell'insegnante è il lavoro più difficile del mondo, se lo si vuole fare con scrupolo e onestà. Ogni volta che entri in aula dovresti dimenticarti chi sei, quali emozioni provi. Le simpatie e le antipatie dovrebbero restare fuori dalla porta. Io, però, non ci riesco, sono un libro aperto. Mi sforzo di risultare imperscrutabile ma non riesco a non mostrare la mia insoddisfazione quando, soprattutto con alcuni allievi, il mio lavoro risulta vano. Me ne sono accorta rivedendo su Sky alcune repliche del programma: la mia espressione e il mio modo di fare lezione cambiano quando ho a che fare con alcuni allievi, Viola, per esempio.

Non dovrei dirlo, lo so, ma proprio non la sopporto. Sa di essere carina, sveglia e intelligente, oltre che una bravissima cantante. Nella classe fa sempre la super partes, *ma sono sicura che sotto sotto condiziona tutti i suoi compagni.*

Tra me e lei, poi, ormai è guerra aperta.

Lei sa.

Io so.

Lei sa che io non amo fare lezione con lei.

Io so che lei soffre a lezione con me.

Ci sentiamo in competizione anche se non ce lo diciamo apertamente: è una sensazione palpabile.

Mostra resistenza ai miei insegnamenti, perdipiù ogni volta che le propongo di fare qualcosa che esula dal canto in senso stretto mi chiede mille spiegazioni. Come quella volta che le ho messo la mano sull'addome per farle capire come doveva respirare. Lei stizzita ha allontanato la mia mano e mi ha risposto: «Il respiro è naturale, sono diciannove anni che respiro e mi sembra di essere viva e vegeta».

Avrei avuto una gran voglia di dirle ciò che pensavo veramente, poi mi sono ricordata delle telecamere, dei microfoni, quindi ho fatto un grande respiro e le ho detto: «Fa' come credi. Io sono tenuta a insegnarti un metodo, ma se tu non vuoi non posso obbligarti».

«Forse è meglio se cantiamo allora» mi ha risposto lei.

«Come vuoi. Sappi comunque che una persona che non canta di professione, per prima cosa deve imparare il modo corretto di respirare.»

Lei ha fatto finta di non sentirmi e si è voltata, dandomi le spalle.

«Vorrei cantare quel pezzo inedito che hanno affidato a Katia, quella specie di tango. Credo si intitoli Delirio. *Lei sa di cosa parla?» mi ha chiesto con aria di sfida.*

«In che senso?» le ho domandato io, che avrei voluto solo evitare l'argomento.

«Il testo della canzone, sa di cosa parla?»

Stavo cercando la risposta, ma lei incalzava: «È la storia di un triangolo amoroso. C'è un lui e ci sono due lei, c'è la menzogna e una scelta che uno di loro deve, o meglio, dovrebbe fare...»

Mi si è gelato il sangue.

Mentre raccoglievo i miei pensieri, lei è andata dietro la scrivania e ha iniziato ad armeggiare con il computer: la musica di Delirio *è partita e lei fissandomi negli occhi ha iniziato a cantare:*

Ti raccontavo un'altra piccola bugia / e omettevo che non ero mai soltanto tua / mi divertivo con le tue fotografie / e ritagliavo quelle dove eravamo in tre... / Ma non sapevo che le storie finite / no, non ci sono più / non c'eri che tu... / Delirio / ma non capivo che / delirio / amavo solo te / delirio / ma non capivi che / dalla mia bocca la verità / mai non avrai / mai mai mai...

Senza nemmeno aspettare una mia possibile reazione, Viola era già fuori dalla mia sala.

15
Sai tenere un segreto?

Tecnicamente sono innamorato.

Io e Viola stiamo sempre insieme. Mi piace passare il mio tempo con lei, anche se non è sempre così facile. Capisco quello che c'è dietro i suoi occhi, leggo quello che ha nel cervello. Le parole tra noi, alla fine, servono solo per pronunciare quelle stronzate che tutti gli innamorati si dicono pur negando di averlo fatto... Mi spaventa l'idea che un giorno io e lei potremmo smettere di andare allo stesso ritmo.

Da qualche tempo a questa parte, poi, ho iniziato a fare promesse. Non era mai successo prima. Qualcuno ha detto che quando si è innamorati si promette con molta più facilità... e che se si ama davvero bisogna poi mantenerle, le promesse fatte.

«Sai mantenere un segreto?»

Viola e io siamo sdraiati sullo stesso divanetto in sala relax. Lei ha messo una mano sul microfono, per non far sentire quello che sta per dirmi. Le sorrido: «Certo!».

«No, dico sul serio. Se ti racconto un mio segreto, mi giuri che non lo dirai mai a nessuno, per nessun motivo?»

«Lo giuro» rispondo divertito.

«Non ridere, sono seria. Ho bisogno di parlarti di una cosa, ma devo essere sicura che non la racconterai a nessuno. E voglio che tu mi prometta che mi amerai anche dopo che te l'avrò detta. Giura che giuri sul serio.»

«Giuro» ripeto, con l'aria di un imputato che è obbligato a pronunciare questa parola, pur non avendone affatto voglia. Per un attimo immagino che debba dirmi che, per un incantesimo, dopo il tramonto si trasformerà in un'orchessa verde, puzzolente e piena di peli duri e lunghi...

«Delle volte mi manca l'aria, piango per ore, in silenzio, senza riuscire a sfogarmi. Mi spaventa il minuto che sta per finire e il secondo che non vuole iniziare, e se non prendo subito la mia medicina, casco a terra e inizio a tremare tutta... capisci?»

Avevo un'amica che ogni tanto aveva questi attacchi, attacchi di panico penso si chiamino.

«Be'? E questo sarebbe un segreto? Io non abbasso mai la tavoletta del cesso la notte e lascio le mutande sporche sul pavimento anche per settimane...»

«Non capisci? Te l'ho confidato perché non vorrei che ti spaventassi se dovessi avere un attacco. Non voglio che tu mi veda come un mostro, perché non sai quello che mi sta accadendo... Da quando sto con te però non mi è successo più...»

Ci ho scherzato su, ma è vero, queste cose in realtà mi spaventano. Mia madre è entrata in depressione quando papà ha preso in negozio una shampista. La mamma era certa che tra i due ci fosse una storia. Papà se n'è accorto dopo qualche tempo e l'ha fatta guarire facendole vedere una foto della donna, brutta come un paracarro. So che è infantile, ma situazioni del genere mi fanno paura punto e basta, non mi sforzo nemmeno di comprenderle. So anche che esistono medicine che curano malattie come questa, ma ogni volta che una cosa del genere mi sfiora, io mi chiudo in me stesso. Purtroppo succede anche ora.

«Che faccia fai?»

«Tutto ok, Viola. Hai fatto benissimo a raccontarmelo, così se per caso ti vedo camminare sul muro, non mi preoccupo!»

«Cretino!»

Mi sento rigido mentre la bacio prima di separarci per le lezioni del pomeriggio. Spero sempre che le ragazze non se ne accorgano, dei miei momenti di "rigido". Divento proprio una specie di pietra. Non mi tocca più nulla.

«Ti sei spaventato vero? Per questo sei così distaccato?»

Se n'è accorta. Cazzo. Che figura di merda.

Suona la campanella.

Salvato dalla campanella, come quella volta alle medie quando dovevo spiegare a Cristina, la mia fidanzatina di allora, perché volevo lasciarla. Non mi venivano le parole, lei piangeva... e io mi bloccavo sempre di più. Poi, fortunatamente, la campanella è suonata e io sono scappato, sì, proprio scappato, senza dirle una parola. Non sono mai riuscito a spiegarle *perché* l'ho lasciata!

Vado a lezione da Giovanna. Noi ballerini abbiamo canto una volta ogni tanto e io non voglio perderne nemmeno un minuto. Poi oggi lavoro con la mia professoressa preferita, quella che mi ha insegnato a sentire la mia voce.

«Ciao Marcello. Sono felice di avere lezione con te oggi perché...»

«Perché le piaccio, no? Artisticamente voglio dire... Sono o non sono un gran cantante?» azzardo io per spiazzarla.

Lei assume immediatamente un atteggiamento distaccato. «Certo, perché con te ho la sensazione che il mio lavoro di insegnante abbia un senso. È stato prodigioso il tuo salto in avanti in quest'ultimo periodo. Sai che canti quasi come...»

«Come chi?»

Lei per un attimo tentenna, come se avesse fatto una gaffe: «... come Viola, la tua...» si blocca.

Sa che si sta ficcando in un vicolo cieco, perché né Viola né io vogliamo parlare di certe cose a scuola, per via delle telecamere, insomma...

«Sai che cosa facciamo adesso io e te? Hai già preso il caffè?»

Il caffè? No che non l'ho preso, fino a qualche minuto fa stavo con Viola ad ascoltare la sua confessione. «Quello in sala relax è finito...» rispondo io, non sapendo che altro dire.

«Intendevo alla macchinetta del caffè, subito qui fuori. Che ne dici se usciamo dalla scuola e ci addentriamo nella zona top-secret? Lì possiamo parlare senza che ci sentano in regia...»

E lo dice come per farmi intendere che ormai siamo grandi per i divieti. In effetti, non è permesso dal regolamento, ma visto che è lei a propormelo, forse... forse se è il professore a chiedertelo, puoi uscire un minuto dalla scuola a berti un caffè in santa pace.

«Andiamo, allora!»

Esco io per primo, lei recupera i soldi e mi raggiunge a metà corridoio. Ride come una bambina che sta per rubare le caramelle con il suo amichetto del cuore...

Siamo fuori dalla zona "monitorata" dalle telecamere, oltre la porta che separa la scuola dal resto dell'edificio, senza microfono addosso.

«Stai con Viola, vero? È una ragazza in gamba, sembra d'acciaio. Bella e brava, complimenti.»

Mi fa strano parlare con lei qui.

Nella scuola, quando i maestri attaccano discorsi sul nostro privato, sai benissimo di avere davanti due possibilità: dire "no grazie, preferisco non parlarne" oppure raccontare e raccontarti, dare tutto, nella speranza che anche quello sia un modo per farti conoscere meglio e apprezzare dal pubblico a casa. A volte, però, facendolo ti sembra di svendere quello che hai di più prezioso...

Giovanna però mi sta chiedendo di Viola come farebbe una vecchia amica, per pura e semplice curiosità.

«D'acciaio mica tanto. Anche lei ha le sue paure, le sue debolezze. A me piace stare con lei perché le affronta, le sue menate... Sa tenere un segreto?»

«Non ci davamo del tu io e te? Comunque sì, so tenerlo!»

In quel momento passa Anbeta che ci guarda stupita e voltandosi verso Giovanna dice: «Non si può, lo sa professoressa Gioia?».

Anbeta ha partecipato ad *Amici* e sa benissimo che gli insegnanti non possono avere rapporti di alcun tipo coi ragazzi al di fuori della scuola.

Giovanna, visibilmente imbarazzata, le risponde che stavamo rientrando e mi fa segno di sbrigarmi col caffè. Mi aspetta sulla soglia della porta.

«Allora questo segreto?»

«No, niente, cioè... riguarda Viola...»

Lei ha la faccia dispiaciuta, quasi soffrisse di essere esclusa da qualcosa che mi riguarda. Di aver infranto una regola per cui la commissione potrebbe fucilarla non sembra fregarle nulla, ma che io non le dica un segreto, la fa quasi piangere dalla delusione.

«Be', Viola ogni tanto ha attacchi di... panico. Te lo dico nel caso un giorno...»

«Tutto qui, il segreto? Grazie per il "tu", comunque, e adesso dentro... pausa caffè finita!»

Rientrati in aula, canto per quasi mezzora senza fermarmi mai. Giovanna mi dirige come ho visto fare dai direttori d'orchestra solo a teatro, e mi piace essere nelle sue mani. Sta sudando. Sulla sua camicetta, sotto le ascelle, si è creato un piccolo alone e una gocciolina piccola le scende dal collo, da dietro l'orecchio verso la spalla. Chissà che percorso farà, quella gocciolina, scivolando lungo il suo corpo... stop! Cantare mi scatena la fantasia. Meglio smettere, tra un minuto dovrò fare lezione di danza.

«Grazie Giovanna» le dico alla fine dell'ora, tendendole la mano per salutarla. Come per creare una barriera tra noi, per ribadire a me stesso che possiamo stare lontani.

«Non sai quanto mi abbia fatto piacere farti lezione. Tu sei un esempio per tutti gli altri. Sai che certi tuoi compagni, entrati come cantanti nella scuola, non riescono a cantare *Mille giorni di te e di me* nella tonalità originale?»

Esco elettrizzato dalla sua aula.

Se l'obiettivo dei professori deve essere quello di insegnarti ad amare l'arte e ad amare te stesso, Giovanna è proprio brava, non c'è che dire.

In corridoio incrocio Viola.

Tocca a lei adesso.

Giovanna l'aspetta sulla soglia. La saluta con un sorriso e le dice di entrare. Viola deve preparare *Quello che le donne non dicono* per la puntata di domenica.

Stavolta credo che spaccherà... Spero che oggi tra loro non succedano casini.

Entro nell'aula di Maura che attacca subito con una coreografia hip hop. Inizio a sudare. Faccio fatica a starle dietro. E avremo iniziato da appena dieci minuti...

«Cinq' e se' e sette e...» Maura si blocca e si gira di scatto perché dallo specchio vede entrare Viola in aula come una furia. Forse vorrebbe dirle che non si entra nelle aule senza chiedere il permesso, che non si può prendere da parte un allievo che sta lavorando, che non si può farlo se l'obiettivo è quello di... schiaffeggiarlo!

Sì, Viola mi tira uno schiaffone ed esce.

Io resto imbambolato, le sue cinque dita stampate sulla guancia sotto le dita della mia mano. Sono senza parole. Non capisco perché l'abbia fatto.

Viola rientra in aula per pochi attimi e urla verso di me: «Visto che non avrai nemmeno capito il perché, ti ho dato uno schiaffo perché ti avevo chiesto di mantenere un segreto. Evidentemente ho sbagliato a fidarmi di te». Si rivolge a Maura: «Scusami, Maura, non succederà più...» poi ritorna di nuovo su di me, prima di uscire sbattendo la porta: «Non succederà mai più!».

La Gioia passa in corridoio e guarda dentro l'aula dalla vetrata, fa un gesto come a dire: "E chi lo sapeva che avrei scatenato questo casino?". Poi mi sorride e prosegue.

Campanellino la volta che ha litigato con Peter Pan quasi l'ha fatto cadere in mano a Capitan Uncino... Sarà per questo che alla fine lui torna sempre da Wendy?

16

Pane per i suoi denti

Quel ragazzino ormai mi frulla in testa come un rebus della settimana enigmistica.

Non capisco se è stupido, furbo, se ha voglia di giocare, soprattutto non capisco quale sia il suo fine.

Ogni volta che gli capita di avere lezione con me, mi lancia segnali inequivocabili. Sembra volermi incoraggiare... e quasi quasi l'adulto, tra i due, lo fa lui, mentre io sono la preda piccola e indifesa che subisce e si imbarazza.

"Giovanna, è solo un ragazzino. Tu sei una donna adulta. Che cosa hai intenzione di fare? Devi stanarlo e ridimensionare tutta la situazione. Certo, il gioco è piacevole ma la cosa non deve sfuggirti di mano."

Oggi l'ho avuto a lezione. Nulla da dire su di lui come allievo: è ricettivo e, pur essendo un ballerino, ha una musicalità, un fraseggio e delle dinamiche del tutto naturali che lo porteranno, se vuole, ad avere un'ottima padronanza della voce.

«Hai già preso il caffè?» gli ho chiesto a bruciapelo, per vedere come reagiva al mio tentativo di rompere il tipico rapporto professore-allievo.

«Che ne dici se usciamo dalla scuola e ci addentriamo nella zona top-secret?» gli ho proposto, facendo una voce da nar-

ratore di romanzi gialli, per fargli capire l'ironia delle mie parole. Mi interessava vedere la sua reazione alla possibilità di infrangere le regole.

Sulle prime ha fatto l'allievo-modello, rispondendomi che non gli era permesso abbandonare la scuola durante l'orario di lezione. Poi, però, avendoglielo chiesto io, una docente, da paraculo mi ha seguito.

Ci siamo tolti i microfoni e, oltrepassata la "porta" che separa le aule dal resto del mondo, ci siamo trovati "fuori dalla scuola", alla macchina del caffè, una zona di passaggio, dove chiunque avrebbe potuto vederci.

L'ho fatto apposta. Se devi combinare qualcosa di proibito, agisci alla luce del sole: la gente sarà meno sospettosa e si porrà meno domande.

Gli ho chiesto di Viola, giusto per fargli capire che quella conversazione era intima e privata. Era sul punto di raccontarmi qualcosa su di lei, quando è passata Anbeta. Guardandomi stupita, mi ha fatto presente che là io non potevo starci e soprattutto non in compagnia di un allievo. Le ho risposto che stavamo giusto rientrando.

Prima di farlo, però, Marcello mi ha raccontato un segreto di Viola. Anziché dirmi quanto la ama, mi ha regalato un suo segreto. A quanto pare, lei soffre di attacchi di panico. Fra tutte le cose che poteva raccontarmi, ne ha scelta una che mostra Viola debole, vulnerabile. Che paraculo questo ragazzino. Perché mai avrà voluto dirmelo?

Nella mia mente ho ipotizzato diverse possibilità come al quiz del milionario:

- *ha voluto sminuire ai miei occhi la figura di Viola. Nella scuola è vista come uno degli elementi più forti e battaglieri;*
- *voleva farmi capire che il loro amore non è tanto solido, perché condizionato dagli attacchi di panico di Viola che mettono a dura prova la pazienza di lui;*

• avendo percepito la mia antipatia per la sua ragazza, voleva che considerassi un nuovo aspetto di lei perché non mi ci accanisca.

Alla fine non ho "acceso" nemmeno una di queste risposte. Tanto non sarebbe servito a nulla. Come dice sempre mia madre: i se e i poi non portano da nessuna parte.

Di una sola cosa sono sicura: questo ragazzino è proprio paraculo, si destreggia nel mondo degli adulti con una padronanza impressionante. Quello che ha di straordinario è che lo fa senza dare la minima impressione di essere un calcolatore, sembra sempre molto naturale. Un funambolo in perenne equilibrio tra un ragazzino e un uomo.

Tornati in aula, abbiamo iniziato a lavorare. La sua lucidità e la sua attenzione hanno reso bella e intensa la lezione. Mi ci sono dedicata anima e corpo e alla fine dell'ora ero persino sudata. Ho sentito una gocciolina disegnare un esile sentiero sul mio corpo dal collo verso la spalla. Lo sguardo furbo e malizioso di lui l'ha catturata immediatamente e l'ha accompagnata in tutto il suo percorso.

Poi, al momento dei saluti, gli ho stretto la mano sottolineando quanto apprezzi il suo impegno. Ho volutamente lasciato da parte il privato...

Il suo posto è stato preso da Viola, che, come al solito, è entrata in aula con passo sicuro, senza nemmeno guardarmi negli occhi.

Il suo è un buongiorno "forzato".

«Posso iniziare a cantare?» ha detto, con tono fermo e sprezzante, quasi di sfida.

A volte detesto questa ragazzina con tutte le mie forze. Non sopporto la sua aria arrogante nascosta sotto una parvenza di innocenza e ingenuità.

Avrei potuto lasciar correre. Avrei potuto contare fino a cento, ripensando a qual è il mio ruolo qui, cioè quello di in-

segnante, ma è stato più forte di me. Ho fatto un bel respiro e come uno schiaffo in faccia le ho risposto: «Quale farmaco alle benzodiazepine prendi?».

«Mi scusi?» ha risposto lei sbarrando gli occhi.

«... per i tuoi attacchi di panico.»

Nel pronunciare queste parole, mi sono voltata fingendo di dover prendere dei fogli dalla scrivania. Quando ho sollevato lo sguardo, Viola era già uscita dall'aula.

"Be', poco male" dico tra me e me avviandomi verso l'uscita per prendermi un altro caffè, stavolta sicuramente più buono e meno amaro.

Passando davanti all'aula di Maura ho dato un'occhiata a quello che stava succedendo là dentro. Marcello era al centro della sala, come imbambolato, la canotta intrisa di sudore, la mano sulla guancia. Ho cercato il suo sguardo consapevole di quello che doveva essere appena successo. Quando i nostri occhi si sono trovati, ho alzato le spalle e la mano destra come a dire: "Scusa, ma chi poteva immaginarselo che avrebbe reagito così". Poi, fiera come una delle protagoniste di Sex and the City*, ho guadagnato l'uscita e nella mia testa mi è quasi sembrato di sentire la voce di Carrie dire: "E quel giorno Giovanna ha dimostrato al ragazzino che se vuole giocare, ha trovato pane per i suoi denti".*

17
Sulla bocca di tutti

Bel casino! Ora tutti sanno che Viola e io abbiamo litigato.

Mi guarda male Paola, la ballerina con il fisico da maestra di sci che sta simpatica alla Celentano! L'unica alla quale la super molleggiata non riesce a dire veramente quello che pensa, pur non essendo leggera e snella come piace a lei. Sapete perché non lo fa? Perché Paola è intelligente e la Celentano ha un debole per le persone col cervello... basta che non ballino, si capisce!

Paola mi guarda come se avessi ucciso qualcuno. Sta parlando a bassa voce di me e Viola quando entro nell'aula di Steve. Elisa dice che prima o poi doveva succedere. Non riesco a reggerle, perciò esco in corridoio. Mi fa arrabbiare quello che sta succedendo, anche se so che in un posto come questo è normale che le notizie e i pettegolezzi viaggino alla velocità della luce. Quando torno in aula, Steve sta discutendo con la sua assistente. Vado da Paco e gli altri che, non appena mi avvicino, si zittiscono.

«Ok, dovete dirmi qualcosa o volete continuare a trattarmi da appestato per tutto il giorno?»

Nessuno fiata. Steve si fa gli affari suoi. I miei compagni stanno zitti. Esco dall'aula infuriato. In corridoio incontro Katia. Forse lei...

«Marce', proprio te cercavo. Viola dice che non state più insieme, che l'hai tradita. Anche tu, proprio alla Gioia dovevi raccontare gli affari suoi, lo sai che non la sopporta... Quand'è che inizierai a capire le donne?»

Ecco, finalmente una che mi dice in faccia quello che tutti pensano.

«Ho fatto una cazzata, lo so. Non avrei dovuto parlarne con nessuno, ma la Gioia è un'insegnante... pensavo che magari a lei potevo...»

«Sei un coglione» mi interrompe lei e se ne va.

Arriva Giovanna... voglio dire, la Gioia.

«Credo di aver combinato un guaio, Marcello. Scusami, non pensavo...» mi dice, appoggiandomi una mano sulla spalla.

È dispiaciuta, si vede. La colpa, però, è solo mia, non dovevo dirle niente, era un segreto!

Mentre siamo lì insieme, l'uno di fronte all'altra, la mano di Giovanna sulla mia spalla, spunta Viola, di ritorno dalla palestra. È tutta sudata, i capelli schiacciati sotto il cappuccio. Si stringe nelle spalle – sembra quasi mortificata – e veloce ci supera senza salutarci, scivolando dentro l'aula alle nostre spalle. Io resto a guardare la porta che si chiude. Giovanna sorride, a lei forse queste sembreranno cose da ragazzini. Le sorrido pure io. Salvo poi accorgermi che Viola ci sta osservando attraverso la vetrata. Si soffia il naso... avrà pianto?

Mi sento in colpa. Anche perché lei potrebbe stare male, potrebbe avere una crisi per colpa mia. Se uno fa soffrire la persona che ama anziché renderla felice, forse c'è qualcosa che non va, giusto? Come un cretino sollevo la maglietta e le mostro il tatuaggio sulla spalla, quello che ho fatto per lei. Lei mi sorride sollevando un angolo della bocca.

Giovanna, che assiste alla scena, mi dà una carezza come a dire: "Vi lascio in pace" e si allontana. Il suo gesto però fa sparire quel mezzo sorriso dalla faccia di Viola. Corro dentro l'aula e cerco di abbracciarla. Lei si libera. I nostri movimenti sembrano parte di una coreografia. Io mi volto perché capisco che è inutile insistere, sto per andarmene, poi però mi fermo, faccio un passo indietro e mi siedo vicino a lei, sul divanetto. Cerco l'occasione per sfiorarla. Magari mi scappa una mano vicino al suo ginocchio... Se stessimo davvero seguendo una coreografia, lei, al mio tocco, appoggerebbe le mani alle mie spalle e mi tirerebbe a sé. E una volta faccia a faccia, basterebbe che io facessi un piccolo movimento con il collo, lei il movimento contrario e saremmo talmente vicini che non darsi un bacio sarebbe un delitto. Così dovrebbe finire la coreografia. E applausi finali.

Invece restiamo immobili e distanti. Non arriva nessun applauso. "Delirio di immobilità." Non so dove l'ho letto, ma è così che mi sento adesso. Devo stare fermo, perché qualunque cosa faccia, la situazione non migliorerà. Devo stare fermo, ma sono nervoso. Mi stropiccio le mani. Aspetto qualcosa che non accade.

Nel corridoio passa Garrison che ci vede dal vetro. Entra nell'aula: «Perfetti! Siete proprio perfetti l'uno per l'altra».

Noi due non rispondiamo.

Garrison come al solito non si sarà accorto di nulla o se lo sarà dimenticato. Ne avranno senz'altro parlato in sala professori ma lui è talmente su un altro pianeta che non si ricorderà di certo del motivo del nostro litigio. Poi, di colpo, forse perché nessuno di noi due se lo fila, lui ragiona a voce alta: «Ah, è vero! Avete litigato. La Gioia dovrebbe farsi gli affari suoi, giusto? È vecchia, questa è la ragione. Voi invece siete stupendi. Questa tensione tra voi, che quasi sembra vogliate darvi un pugno, questo è essere giovani. Chissà cosa darei per riuscire a litigare io così, ma sono vecchio, quasi come un passo a due della Celentano...».

Sulle labbra di Viola riappare un mezzo sorriso.

«Marcello, Marcello... ora, se tu non fossi uno stupido, basterebbe dire la parola giusta e...» mi dice divertito Garrison. Poi, come la fatina di Cenerentola, scompare, dopo aver trasformato la zucca in carrozza, lasciando dietro di sé i due topini, cioè il suo bassotto Taco e Lola, la cagnetta bianca, ad assistere alla scena.

«Scusa se ti ho fatto soffrire, ti giuro che non succederà mai più» le dico a bassa voce, senza guardarla in faccia.

Lei sospira, mi sta ascoltando.

Mi inginocchio davanti a lei, il mio viso vicino al suo, come nella coreografia che sognavo prima. Una carezza leggera sui suoi capelli e solo: «Scusa, amore».

«Non farlo più però, amore...» mi risponde cercando con la testa la prossima carezza. La sollevo stringendola fra le mie braccia e giro, giro su me stesso, i suoi piedi non toccano più per terra e io continuo a girare...

Garrison rientra per riprendersi Taco e Lola e rimane come estasiato. Ci guarda e piange. E poi arriva un applauso: Paola, Massimo, Elisa, Paco e tutti quelli che, passando davanti alla vetrata dell'aula, ci hanno visto seduti sul divanetto, fermi come statue. Hanno osservato la scena in silenzio dal corridoio. Abbiamo ballato per loro.

Viola e io siamo di nuovo immersi nella nostra favola.

Dalla vetrata vedo passare in corridoio Giovanna. Non ci guarda nemmeno, tira diritto con passo deciso. Io la seguo con lo sguardo. Mi sento un ragazzino piccolo e stupido, che litiga e poi fa la pace con la fidanzatina. Viola e io... piccoli e inadeguati al mondo dei grandi.

18
Amor cortese

Ogni tanto nella scuola si vivono momenti di caos totale. Sembrano tutti impazziti e non si riesce a capire niente per delle ore! Come sta succedendo ora. Katia entra trafelata in sala relax e sussurra: «Ehi, ragazzi, riunione...».

Barbara alza gli occhi, idem Gabriele, il cantante con i capelli alla Marzullo. Antonio ha già visto questo film. L'ultima volta che è girata voce che era in corso una riunione dei professori, dopo è stato cacciato per un mese dalla scuola. È acqua passata, ormai, dal momento che è stato riammesso nella scuola, ma sente ancora i brividi, lui, solo a sentirne parlare. Noi pensiamo a tutto quello che potrebbe essere accaduto o accadere...

Vediamo sfilare i professori, uno dopo l'altro.

Passa Steve: ha la faccia tesa, come quando è arrabbiato. Paola si spaventa. Ha risposto male alla Celentano qualche giorno fa, magari intendono parlare di questo.

Garrison è sorridente: non si può mai contare sulla sua faccia per sapere che cosa succede. Lui nella vita si muove come Fred Astaire sul palco, leggero e frizzante. Ma non entra in relazione con le difficoltà del mondo: per questo – dice sempre lui – ci sono i commercialisti, la sua assistente, il suo dentista. Forse non sa nemmeno dove si va a comprare il pane...

Flavio, il cantautore dai capelli un po' sparati, una bella faccia da calciatore ma il cervello da musicista, è convinto che non sia per il disco, ne hanno già parlato. Flavio è uno che sogna da quando ha cinque anni di sentire la sua voce incisa su un CD tutto suo con tanto di foto. Cantare nel CD di *Amici* per lui è già una vittoria. È talmente soddisfatto di questa sua conquista che ora potrebbero anche spararagli e lui non farebbe una piega.

Passano Grazia, Gabriella.

E Jurman, bendato... scherzo!

Passano tutti insomma, anche Giovanna. Elisa la squadra proprio: «Oggi ha un delizioso completino ciclamino con una sciarpa da mille euro, di un violetto molto carino...».

Le ragazze stanno sempre attente a quello che indossa Giovanna. I professori di solito si vestono con la slot machine, cioè si buttano addosso la prima cosa che capita... e si vede. Giovanna no. Lei sembra Afef, sempre precisa. Certo che vestirsi di viola... ma non lo sa che porta sfiga? Viola non la degna di un'occhiata, però controlla se la guardo io. Me ne accorgo e lei mi stacca gli occhi di dosso e inizia a parlare con Sonia.

I professori sono già tutti in studio. In coda arrivano anche Luca e Chicco. Questo è proprio un brutto segno. Quando "du' capelli" e "deep bronze" si mettono insieme sono casini veri.

«Sarà una questione disciplinare, espulsioni o cose del genere» ipotizza Barbara. Alle sue parole, neanche avesse pronunciato una formula magica, tutti si fanno l'esame di coscienza, anche perché, a ben pensarci, manca poco all'inizio del serale. Tutti ripensiamo alle cazzate combinate, che saltan fuori come i topi da una nave che sta affondando.

«Be', che male c'è nel distribuire manifesti in cui si dice che regali l'olio di papà a chi ti vota?» chiede Sandro, l'attore rasta.

«Io ho fatto delle serate... ma non erano a pagamento, cioè c'era la consumazione obbligatoria, ma se quelli bevevano mica era colpa mia» si giustifica da sé Gabriele.

Viene fuori di tutto: «Io, una volta, ho posato nuda per "Playboy", dite che si potrà?» scherza Paola.

Elisa cala l'asso: «Io e Viola, allora, che dovremmo dire? Noi siamo online dall'una di notte in poi, *web girls* di un certo livello. Facciamo la doccia e poi ci spalmiamo di crema davanti alla web cam in cambio di voti... giusto per rimanere terz'ultima e penultima! Figo, no?».

Ridiamo tutti, anche Viola...

Dal giorno del nostr litigio, nonostante abbiamo fatto pace, ogni santo giorno, quando la guardo negli occhi, mi sembra sempre che lei si aspetti che le chieda scusa, chissà per cosa... È sempre più un casino stare con la mia Campanellino...

«Scialla s'ghi, eccoli che tornano...» Katia, che è la più sgamata di noi, esce al volo dalla sala relax fingendo di dover andare in aula canto. Così può cercare di intercettare quello che si dicono i primi professori che escono dallo studio.

Se non s'è inventata nulla, a quanto pare la Celentano ha detto: «... comunque hanno fatto bene. Era una segnalazione dovuta. Siamo docenti e coi ragazzi si deve mantenere un certo comportamento...». Il discorso a Jurman non è andato giù, infatti ha subito ribattuto: «E cosa vorrebbe dire? Che se voglio far sentire una canzone nuova a un'allieva, non posso mandarle una mail con un attachment della canzone in MP3 perché altrimenti sembra che ci provi con lei? Ma siamo matti?». Essendosi accorti di Katia, poi, si sono zittiti fino all'uscita.

Maura è passata subito dopo con la Gioia sotto braccio tranquillizzandola: «Non devi preoccuparti. È solo un richiamo per ribadire alcune regole. Un anno è successo anche a me. Avevo ospitato nella mia scuola di hip hop, gratis, un ragazzo, che poi ha vinto una sfida ed è entrato ad *Amici*... Non puoi avere idea del casino che è successo...». Giovanna, sostiene Katia, non faceva una piega.

Gli ultimi professori a uscire sono Garrison, Steve e Astolfi. «E allora cosa dovrebbero dire a me» avrebbe detto Mauro «che Elisa l'ho portata praticamente io?» E poi Steve: «I migliori ballerini qui dentro sono arrivati sempre grazie a me, quindi...».

Poi silenzio.

Infine passano Chicco e Luca, il primo tira diritto, Luca si ferma da noi in sala relax. Sa bene che nella nostra testa viaggiano mille ipotesi. Non vuole che perdiamo il sonno per una preoccupazione inutile, perciò ci spiega il motivo della riunione appena conclusa.

«Sono accaduti un paio di fatti nella scuola che non possono essere tollerati: docenti che per qualche motivo hanno avuto rapporti al di fuori del programma con gli studenti, e allievi che hanno cercato questo tipo di contatto.»

«Be', ma che male c'è?» interviene Gabriele che pur di dire la sua su ogni argomento si farebbe persino tagliare i capelli.

«Come che male c'è?!» esclama Luca meravigliato.

«Tra poco, al serale, saranno queste persone a decidere chi di voi andrà via e chi no! Ditemelo tra qualche settimana "Che male c'è?"! Facciamo un esempio, Gabriele. La tua squadra perde, tu sei indicato dall'altra squadra per l'eliminazione. I professori ti salvano, ma se Marcello, magari, ti ha visto uscire a cena con Jurman la sera prima, che cosa può pensare? Che in qualche modo tu abbia abusato della sua onestà, oppure, peggio ancora, che lui tragga qualche vantaggio dal salvarti. Mi sono spiegato?»

«Ma che vantaggio potrebbe avere un insegnante nel salvare proprio me?» chiede Massimo, il ballerino coi riccioli.

«Semplice, la scuola nella quale lavora durante i mesi in cui non c'è il programma magari raddoppia le sue iscrizioni, se si viene a sapere che lì insegna il maestro personale di Massimo, uno dei finalisti di *Amici*, mi sono spiegato?»

Ora che Luca mi ci fa pensare, attorno al programma ruota un mondo veramente strano. Meno male che i professori sono così seri, così per bene e onesti, direi.

«Quanto a te, Marcello» conclude Luca ormai sulla porta prima di uscire, «se ti becchiamo ancora una volta a prendere un caffè alla macchinetta fuori dalla scuola, saremo costretti a prendere provvedimenti.»

Tutti mi guardano. Katia mi prende sottobraccio: «Dài, a me puoi dirlo... ci sei andato con Garrison, vero? Con me lo fa sempre, mi offre il cappuccino ogni mattina».

«No» le rispondo. «Ci sono andato con la Gioia. Non vorrei che le avessero creato casini per un misero caffè.»

I miei compagni sono sollevati, stavolta nei guai ci sono gli insegnanti, quindi tutti riprendono a ridere e a canticchiare. Viola sa del caffè alla macchinetta con

Giovanna. Gliel'ho raccontato il giorno del nostro litigio per spiegarle come mai avevo confidato proprio a lei il suo segreto. Forse preferiva che tutti gli altri continuassero a ignorarlo.

Viene da me Flavio: «Marce', ognuno di noi ha un insegnante preferito, quello con cui scherza di più, quello che lo adora... Grazia, per esempio, è pazza di me, artisticamente, è chiaro...».

A sentire lui, realizzo che forse Giovanna è pazza di me... artisticamente? Devo chiederglielo subito se no stanotte non dormo. Ma non ho modo di vederla ancora durante la giornata. E nemmeno nei prossimi giorni.

Il resto della giornata lo passo con Viola. La mia Campanellino oggi sembra aver perso la polvere magica: non vola, così siamo in due a restare a terra.

Son tre giorni che io e Viola stiamo praticamente sempre insieme, eppure non riesco a non pensare a Giovanna. So per certo che lei a me ci tiene. Penso alle invidie, ma soprattutto alle maldicenze alle quali deve fare fronte pur di sostenere un ragazzo in cui crede. Mi fa tenerezza, lei che ha un figlio, un marito chissà dove (non ne parla mai): come fanno a pensare male di lei? Possibile che la gente sia sempre pronta a vedere il marcio dietro ogni cosa, anche dietro il sentimento più puro e onesto? Vorrei tanto parlare con lei, ma non so come fare. Se anche avessi il suo numero di cellulare non potrei chiamarla. Mi prende il delirio, giro per la stanza come un orso in gabbia. Arriva un messaggino, poi un altro e un altro ancora. Saranno le solite fan che nemmeno conosco. Non ho voglia di essere gentile stasera. Con nessuno. Mi sdraio sul letto, a torso nudo. Ho messo su qualche muscolo da quando sono qui ad *Amici*. Mi guardo il petto e penso a come sarebbe bello sentire i capelli di una donna sulla mia pelle, adesso. O sentire baci dati con calma, baci lenti lenti. Dei baci così vorrei. Viola li ha finiti...

Guardo il display del cellulare. Due messaggi sono di Massimo che è uscito per comprare da mangiare e vuole sapere se mi piace la birra scura. Non gli rispondo. Poi c'è un SMS proveniente da un 347 che non conosco. Come cazzo fanno a trovare il mio numero di cellulare? Distrattamente guardo cosa c'è scritto:

> Non ti preoccupare, il nostro è un sodalizio tra due artisti che gli altri non possono capire. Giovanna SSSS

Giovanna? Ma come fa ad avere il mio numero? E poi che significa SSSS? Devo chiederle che cosa vuol dire. Lo farò domani, domani la vedo, c'è la diretta. Ma perché aspettare fino a domani? Lo faccio subito! Mentre le scrivo mi sembra di avere la febbre. Avverto quel freddo strano che mi prende ogni volta che sono eccitato. Arriva la risposta:

> Era il linguaggio cifrato dell'amore cavalleresco per definire l'amore cortese: Saggio, Solo, Sollecito e Segreto.

Amor cortese? Io cavaliere e lei principessa? Figo questo segreto. Dovrei guardare su Wikipedia cosa vuol dire precisamente "amor cortese" ma chi se ne frega.

Quello che dovevo capire l'ho capito. "Pazza di me... artisticamente."

Spengo la luce e la sogno.

19
Chi è la talpa?

Le interrogazioni a sorpresa, quelle sì che sono stressanti per noi ragazzi!

Tutti i giorni, sullo schermo in sala relax, compare di punto in bianco il nome di uno di noi. Quello va in studio, risponde alle domande degli insegnanti e di norma la cosa finisce lì. È una routine, ormai, è sufficiente tenersi al passo con le lezioni e di solito va tutto bene. A me è capitato un paio di volte. Una per il canto. Vessicchio mi ha chiesto teoria musicale: sono andato benissimo.

Giovanna mi aveva mezzo avvertito. Mezzo... a dire il vero mi ha proprio fatto sapere che mi avrebbero interrogato in musica e io ho ripassato la sera prima. Chiaramente non l'ho detto a nessuno. Da qualche tempo Giovanna cerca di aiutarmi. È sempre dalla mia parte. A un certo punto ha iniziato con le soffiate. Mi avvisa quando succede qualcosa. Non a scuola certo – a scuola cerchiamo di non farci vedere troppo insieme, per evitare altri pettegolezzi –, ma via SMS. Tra noi adesso c'è questa cosa stranissima. Segreta e strana.

Ieri mi ha mandato un SMS al residence:

> Domani fregano Viola, dille di studiare il monologo di recitazione.

Viola voleva sapere come mai doveva studiare. Le ho detto solo di fidarsi di me, almeno stavolta.

«Sei brava, ti basta impararlo a memoria, il resto lo sai...»

Viola mi ha guardato fisso negli occhi per capire. Fortunatamente mi ha dato retta, perché oggi l'hanno interrogata, e lei ha risposto a tutto. La Mari pensava di fregarla forse, invece lei è stata una bomba.

Finita l'interrogazione se la rideva come una matta. Katia l'ha abbracciata stretta: «Ma come hai fatto? Non hai mai saputo niente di recitazione...».

Viola non le ha risposto, ma ha continuato a ridere sotto i baffi, poi in camera mi ha fatto il terzo grado. Le ho detto che andando in palestra, ho sbirciato in sala professori: sulla lavagna c'era scritto che erano previste verifiche a sorpresa. Tra i nomi segnati c'era anche il suo.

Lei a quel punto mi ha abbracciato e abbiamo festeggiato insieme, come al solito.

Da mezzora è in bagno. Si sta facendo la doccia.

Mi arriva un messaggino di Giovanna:

> Be', che le hai detto? Non mi tradire sennò sono rovinata. Un bacio.

Le rispondo che non sono scemo. Poi mi fermo a pensarci un istante e mi rendo conto che tutto questo non è giusto. Cioè, per me è una figata perché così sto tranquillo e posso anche dare una mano a chi mi piace, però lei... perché lei lo sta facendo?

Viola esce dal bagno, lascia cadere a terra l'asciugamano e si tuffa sotto le lenzuola. Poi con il dito mi fa segno di raggiungerla.

«Sai cosa mi hanno detto gli altri cantanti? Che forse hanno capito chi è la talpa...»

Io mi irrigidisco.

«Come la talpa?»

«Ma sì, chi spiffera cose a noi allievi su quello che vogliono fare gli insegnanti. Si sa, per esempio, che al serale tu ci arriverai e che c'è una lista di quelli che non passeranno...»

«Ma se decide il pubblico con il televoto...»

«Certo, dopo sì, ma intanto ognuno dei professori si è fatto la propria idea di chi ci deve andare. Per gli altri allievi preparano interrogazioni e prove a sorpresa come se piovesse, capisci? Alle prossime "messe in discussione" ci saranno vendette trasversali tra i prof... Un gruppo di nostri compagni pensa che la talpa sia Jurman perché vuole fregare quelli che piacciono a Grazia e a Gabriella; ma altri pensano sia Palma, che così cerca di aiutare i suoi a passare. Tre ballerine dell'anno scorso ci hanno detto che Steve di solito spiffera e che per i suoi può uccidere, ma io non ci credo. A quanto pare la talpa potrebbe essere fra questi tre.»

Prendo atto solo che Giovanna è salva da ogni sospetto.

«Gira anche voce» continua Viola «che un maestro abbia baciato un'allieva, ma non si sa chi sia, né il maestro né la ragazza...»

Questa però mi sembra roba che si legge nei blog, partorita da chi ha tempo e fantasia a sufficienza per pensare a complotti, strategie, intrecci strani...

Se Viola leggesse il messaggio della Gioia chissà cosa direbbe.

Più tardi, lei torna in camera sua, da Katia.

Finalmente sono libero di pensare a Giovanna. Perché lo fa? Io sono un ballerino e lei insegna canto. Ok, d'accordo, è fiera dei miei passi in avanti, però perché salvare anche Viola? Perché rischiare tanto?

Altro messaggio.

> Come stai? Se hai anche solo qualche linea di febbre, fai finta di stare male, se no domani ti affondano!

Ecco quello che Viola non può sapere. Io sono nel mirino di qualcuno. Meno male che ho Giovanna dalla mia parte.

Penso ai mali che potrei avere, non mi viene in mente niente di niente. Allora mi chiedo cosa farebbe mio padre. Lui andrebbe a scuola e, nel caso andasse male, sarebbe pronto a fare un bel discorso d'addio. E ora penso a questo, alle parole che potrei dire nel momento in cui mi diranno: «Mi dispiace Marcello, te ne devi tornare a casa».

Sono nervoso. So che non è saggio rispondere ai suoi messaggi, ma devo dirle quello che ho deciso.

> Domani vengo e se devo morire morirò da uomo!

Spedisco l'SMS e scendo a mangiare.

Arriva la risposta:

> Potrei perdere la testa per un uomo così... Buona serata!

Osservo i miei compagni come se fosse la mia ultima sera insieme a loro. Mangiano e fanno casino come al solito. Sandro imita Patrick, Elisa sta parlando di Steve che la odia perché lei è una ballerina di danza contemporanea, la disciplina di Astolfi, che con Steve non va tanto d'accordo. C'è qualcuno che canticchia un pezzo per sentire l'opinione degli altri. Quasi tutti, poi, hanno il cellulare in mano. Scrivono o leggono. Parlano poco in realtà. Mi mancherà questo gruppo di sognatori disadattati. Chissà se avrò il coraggio di sognare di nuovo, fuori di qui! Chissà se starò ancora con Viola la prossima primavera!

Mi alzo da tavola e li guardo tutti, cercando di fissarli dentro di me. Poi vado via. Salgo in camera mia e aspetto domani.

Non so se è un incubo ma tutto è abbastanza reale.

«Marcello a centro studio» dice Luca, poi continua: «Un insegnante vuole mettere in discussione il tuo banco».

È Garrison ad alzarsi.

«Mi spiace, Marcello. Ti ho già detto mille volte che avresti dovuto cambiare specialità. Così non ti si può guardare. Sei quasi sempre fuori musica. Di solito non faccio queste cose, ma stavolta ho deciso. La settimana scorsa la Celentano ha votato per te in una sfida anche se eri fuori musica e fuori stile. Perché? Perché sei bello! Voglio dire ad Alessandra che da adesso in poi, se lei giudica con questi criteri, che sono i miei di solito, io giudico con i suoi. E per i suoi criteri... tu sei fuori.»

Nessuno ha capito. Meno male che riassume Luca: «Garrison vuole dire che se Alessandra sceglie in modo meno rigido i suoi ballerini, da adesso quello rigoroso inizia a essere lui».

Guardo sia Luca sia Garrison. Non mi è molto chiaro quello che sta succedendo, né quello che hanno in testa. Più che altro mi sembra di assistere alla solita guerriglia sulla nostra pelle. Ma sto zitto. Attendo che succeda quello che deve succedere. Chi vivrà vedrà.

«Quindi, Garrison, vuoi sapere dal resto della commissione se Marcello deve essere salvato o no, giusto?»

Garrison annuisce.

«Partiamo dalla danza o dal canto?» chiede Luca.

Si alza Giovanna: «Partiamo dal canto. Per me Marcello non è da serale!».

Fino a quel momento ho tenuto gli occhi bassi. Quando sento le sue parole di colpo li alzo verso di lei, cercando i suoi. Voglio vederla in faccia mentre dice che mi vuole fuori dalla scuola. Anche i suoi colleghi la guardano in modo strano. Perché lo sta facendo? L'avrò irritata per qualcosa? Boh... Non ci capisco più niente. Lo stesso Garrison ci è rimasto male. Forse con il suo gesto voleva solo dare un segnale alla Celentano ben certo che mi avrebbero salvato gli altri.

Lei non mi guarda, però. Allora chiedo a Luca: «Posso chiedere a Giovanna di guardarmi in faccia mentre mi dice che devo andarmene?». Lei si alza nuovamente, mi fissa negli occhi e ripete quello che ha già detto.

«Se è questo che ha deciso per me una della insegnanti che qui dentro mi ha dato di più e che io stimo di più, sapete che c'è? Che me ne vado io, senza aspettare il voto degli altri.»

Non è questo il discorso che avrei voluto fare, non è così che sarei voluto uscire, ma ormai...

Mentre mi giro per tornare al mio banco, raccogliere tutte le mie cose e uscire a testa alta, sento muoversi le sedie degli altri professori. Si alza Steve, poi Palma, Vessicchio, Jurman, Patrick, persino la Celentano... È il maestro Vessicchio a prendere la parola: «Marcello, tu non te ne puoi andare, perché se lo fai insieme a te viene anche qualcuno di noi. Perché, per uno bravo, forse vale la pena di farlo un colpo di testa, anche alla mia età». Gira intorno alla cattedra e mi viene incontro. Dopo avermi preso sottobraccio, mi guarda con quella sua aria sorniona e continua: «Dove si va? In sala relax a festeggiare con i tuoi amici il fatto che tu sia ancora nella scuola o a CinecittàDue a prenderci l'ultimo gioco della Wii?». Io rido e stringo il suo braccio. Guardo Luca che mi sorride e, con Vessicchio accanto, vado nella sala relax, dove dopo un istante arrivano tutti i miei compagni a fare festa.

Viola mi sbatte a terra e mi bacia, non prima di avermi sussurrato all'orecchio: «Ora l'hai capito anche tu che è una stronza, vero?».

Sopra di me si forma una piramide di amici che mi schiaccia e mi soffoca, ma che mi ama anche. Che bello stare qui, sotto tutta la classe di *Amici 2008*!

Che stupido sono stato ad aver pensato che Giovanna fosse dalla mia parte e ad aver messo in discussione la mia storia con Viola per lei. Una che mi tradisce in questo modo non mi conosce, e non è nemmeno interessata a farlo.

Non è facile prendere sonno pensando che sei stato tradito in ciò che per te conta di più, i tuoi sogni, le tue speranze. Perché fa male dover tirar giù dal piedistallo qualcuno che per te significava molto, e che, tra l'altro, scopri solo ora, non meritava nemmeno di stare là sopra...

20
Mi voleva fuori

Mi voleva fuori davvero?

Perché?

Cosa faccio adesso?

Sono tante le domande che mi ronzano nel cervello. Ma che senso hanno? Ecco una delle domande: perché mi sforzo di capire Giovanna, che ha cercato di cacciarmi?

Mi viene in mente mio padre: lui sostiene che quando il topo si sente intrappolato in un angolo con davanti a sé una scopa pronta a schiacciarlo, si inventa qualcosa di imprevisto, un attacco, uno qualsiasi. Giovanna mi ha attaccato dopo avermi difeso per un po' di tempo. Mi ha aiutato con dritte e spiate. Anch'io però l'ho difesa. E non l'ho mai tradita, io. Lei invece sì.

Potrei accendere il cellulare, così saprei se ha provato a chiamarmi per spiegarmi il suo comportamento. Ma non ho intenzione di farlo. Non sarebbe giusto. Non mi va...

Stamattina non appena arrivo a scuola, mi cambio per la lezione, senza neanche fermarmi in sala relax a fare quattro chiacchiere con gli altri. Ho persino voglia di fare lezione di danza classica, anche se nella classe degli sfigati, quelli che la Celentano ritiene negati per la danza, cioè i cantanti, i ballerini di hip hop e io.

Le mie mani sono appoggiate alla sbarra. Mi guardo allo specchio: vedo un ragazzo alto, carino, gambe muscolose, spalle larghe e...

«Giù quelle spalle, non siamo a una sfilata... le braccia tese in avanti, guàrdatele!» La Celentano non fa sconti nemmeno oggi.

Diversamente da me Viola è perfetta: i capelli raccolti in uno chignon mettono in risalto gli occhi chiari e la fronte bella da donna. Il giorno del nostro ingresso nella scuola, presentandola, Alessandra aveva detto che la testa di Viola è leggermente sproporzionata rispetto al resto del fisico. Il suo corpo lo sento talmente mio che quel commento offende me, più che Viola, la quale se ne sbatte.

Ma chi credono di essere questi maestri che emettono verdetti in questo modo? Più sto qui, più mi rendo conto che insegnare in fondo è un tentativo di imporre se stessi al mondo, a ogni costo. Credo che il fatto che tutti pendano dalle tue labbra e nessuno ti interrompa, ti faccia provare una specie di vertigine. Probabilmente ti fa persino credere di essere davvero in gamba, più intelligente e più affascinante di quanto sei in realtà.

Penso a Giovanna e mi domando se ogni sorriso, ogni domanda fatta, ogni mano alzata non siano stati interpretati come una sorta di dichiarazione di affetto, di amore. Forse a me è anche piaciuto farle credere questo, usare il fascino che lei subiva per ricavarne un vantaggio, magari venire facilitato, e sentirmi speciale rispetto agli altri miei compagni.

Sono stato scorretto, uno non dovrebbe approfittare della propria insegnante. Ma ho veramente un vantaggio così grande su di lei?

Tutto quello che è successo mi fa ragionare e concludere che sì, è così, è pazza di me. Altrimenti sarebbe solo una stronza naturale. No, deve essere così. Giovanna voleva che uscissi dalla scuola per allontanarmi da lei. La prima volta che ho sofferto per amore ho capito subito che non vedere chi ti fa stare così male può solo aiutarti a guarire.

Se fosse che lei è pazza di me e non sa come affrontare questo sentimento?

Dallo specchio sbircio Viola che si esercita alla sbarra e osservandola mi ricordo che l'amore è più semplice. Uno dice: "Voglio passare il mio tempo con te perché mi piace come sei, sogno di fare l'amore con te perché mi viene proprio la febbre quando ti avvicini". Viola e io non dobbiamo fare calcoli o ragionarci sopra più di tanto. Come due cani su una spiaggia deserta, sentiamo il nostro odore, ci avviciniamo e diamo inizio al nostro gioco. Con Giovanna, invece, è tutto da capire, nulla è immediato.

Finisce la lezione e la sala relax riprende vita.

Io mi ostino ad andare avanti con i miei ragionamenti, per cercare di capire dove mi porterà quello che mi sta capitando.

Ho un'idea.

Attraverso la porta tra lo studio e la scuola si entra nel tunnel dei cameraman, che ora saranno sicuramente in pausa. Mi alzo dal divano, dove Viola sta dormendo, mi avvicino alla porta, spingo la maniglia. Se mi imbatterò in uno dei cameraman richiuderò immediatamente chiedendo scusa; se non c'è nessuno, però, voglio provare ad andare da lei... a spiarla.

Cammino lungo il tunnel. Dopo qualche passo mi

abituo al buio. Sulla mia sinistra c'è una serie di vetrate oscurate da lunghi teli neri. Tra le tende e il vetro si trova una specie di binario, sul quale scorrono le telecamere. I cameraman, per guardare nelle aule senza essere visti da chi le occupa, scostano il telo nero, se lo lasciano alle spalle, ed entrano così nello specchio. Voglio dire, per te che ti trovi qui quello continua a essere un vetro attraverso il quale vedi perfettamente, chi è nell'aula invece vede solo uno specchio.

Passo davanti all'aula di Giovanna. Lei è seduta al piano. Mi fermo a osservarla. Si asciuga ogni tanto le lacrime con un fazzoletto e suona. È ora di pausa anche per gli insegnanti adesso. Sta eseguendo un pezzo classico. Lo conosco ma non ne ricordo il nome. Suona come non l'avevo mai vista fare prima: appassionata, scuote la testa a ogni nota un pochino più timbrata. Muove persino il bacino, come se volesse dare ritmo alla musica spingendo la tastiera anche con la pancia. Mi piace questa sua forza. Ed è bella la sensazione che sto avvertendo, mentre spio un momento così intimo. Quello che sta avvenendo davanti ai miei occhi è un vero e proprio atto d'amore tra Giovanna e il pianoforte... Chissà come fa l'amore la mia insegnante di canto. Arresto ogni mio pensiero, sarebbe un errore. Ricorro al metodo che mi ha insegnato mio zio Carlo, il punk. "Se la pensi mentre è seduta sul cesso, ti passa tutto, anche l'amore." Ci provo, ma non funziona. Non posso farci niente. Vedo Giovanna fare sesso con il piano e vorrei tanto lo facesse con me, anche se sto con Viola.

Ma che cosa mi succede? Perché sto sputando nel piatto in cui mangio, e infangando la bellezza del mio rapporto con Viola, per lei, una donna che voleva mandarmi fuori da qui? Che volesse allontanarmi da Viola per non averla più tra le scatole? Mi eccita pensarlo.

E mi eccita la situazione in cui mi trovo. Ora, nella foga dell'esecuzione, le scende una spallina della maglietta che ha indosso. Resta così, con la spalla scoperta, lucida, abbronzata anche se siamo in inverno. La copre senza fretta solo dopo aver finito di suonare. Poi si alza e si dirige verso lo specchio.

Sta venendo verso di me... riabbassa di nuovo la spallina e si ferma proprio davanti a me. Per fortuna non può vedermi...

«So che sei mio, lo sento. Io continuo a piacerti anche se non capisci perché ho votato contro di te. Ero certa che Steve ti avrebbe salvato. Ho pensato che votandoti contro avrei allontanato ogni pettegolezzo da me senza farti correre alcun rischio. Quando sarai in grado di comprenderlo, sai dove trovarmi...»

Sono a qualche centimetro da lei, le sue parole nel mio cervello. Ripenso a quando abbiamo parlato dei preliminari a lezione... Deve saperne, di sesso, questa donna. Anche cose che io non immagino neanche.

Quel che lei ha appena detto è vero. So dove trovarla e prima o poi lei sarà mia. E allora sarò io a comandare su di lei, almeno per una volta.

Esco dal tunnel. Vorrei raggiungerla nella sua aula. Vorrei parlarle. Vorrei farle sapere che ora so tutto. Alla fine decido di inviarle un SMS.

> Stavo male all'idea che tu mi avessi voltato le spalle. Ho bisogno di capire. E di capirti.

21

Come agenti segreti

A lezione non parliamo mai di noi, io e Giovanna. Lei è un'insegnante bravissima e io un allievo modello che impara senza fatica. A volte, però, capisco che vorrebbe dirmi altro, ma si trattiene. Si comporta così da quando è stata rimproverata a causa del nostro caffè alla macchinetta. Meno male che la sera ci scriviamo SMS. Dobbiamo stare attenti, però. Me l'ha scritto lei ieri in un messaggio:

> È l'ultimo che ti scrivo. Ieri ho perso il cellulare e non ho dormito perché pensavo di averlo lasciato in sala prof e lì nessuno si fa mai gli affari suoi...

Le ho risposto che sono d'accordo. Se ci scoprissero io rischierei di venire espulso e lei di essere cacciata come una qualsiasi molestatrice. E poi le ho anche scritto:

> Come facciamo a parlarci allora?

> Ho in mente qualcosa: guarda bene nei cd che ti darò d'ora in poi!

Naturalmente il giorno dopo e quello dopo ancora non ho avuto lezione con lei. Oggi però è giovedì... lezione di canto con Giovanna, finalmente!

Entro in aula e iniziamo subito a lavorare, come al solito. Stavolta cantiamo insieme. Giovanna aggira la tastiera che ci ha sempre diviso e si mette vicino a me. Stesso microfono. Sento il suo alito caldo e profumato e soprattutto mi rendo conto che è bravissima. Canta come una ragazza di colore, sembra Aretha Franklin. Anzi Beyoncé. Mi monto la testa perché sembro bravo perfino io con lei al mio fianco. Non fa la gasata, canta per aiutarmi. Credo di volerle bene... anche perché mi ha insegnato ad amare la mia voce.

Suona la campanella, sempre troppo presto quando sto con lei.

«Prima che tu vada, volevo darti un CD – per tua cultura personale – di canzoni che prima o poi dovrai conoscere. Perché non approfittare di una vecchia maestra?» fa lei con l'aria di recitare una parte. Ci sono le telecamere e, dopo quello che è successo, fa bene a fingere.

Apro il CD e non c'è niente. Guardo la copertina: solo i titoli delle canzoni. Vado in sala relax, infilo il CD nella borsa e poi vado a pranzo.

Mentre mangiamo penso che se io e Giovanna non riusciamo a trovare un modo di parlarci senza telecamere ci perderemo in un attimo. Sono irrequieto. Lei non mi fa cambiare umore quando la vedo, però sto peggio se non la incontro.

Dopo il caffè Sandro mette una musica tiratissima, John Legend credo, cercando di far ballare tutti, ma nessuno di noi ne ha voglia. Prendo il CD di Giovanna dalla borsa – mi ero quasi dimenticato che me l'avesse dato – e rileggo i titoli. Sono tutte canzoni di Baglioni, piace tanto anche alla mamma quel tipo... Poi capisco tutto. Metto in fila i titoli delle canzoni e rimango senza parole: *Sabato pomeriggio / Io me ne andrei / Con te / Amore bello / Tienimi con te / Io sono qui / E tu?*

Rileggo ancora una volta. Incredulo. Sembra la letterina di una ragazzina delle medie. Mi prende una dolcezza unica. Una donna così in gamba e speciale... che mi chiama amore bello, che vorrebbe uscire con me. Vorrei cantarle che ci sono anch'io... ma non posso. Non qui perlomeno.

Alla sera con il mio computer le preparo una compilation-letterina, parto coi Negramaro: *Nella mia stanza / Parlami d'amore / Mentre tutto scorre / E ruberò per te la luna...* Forse ho esagerato, ma anche lei con il suo CD non ha certo scherzato. Potendo comunicare solo coi titoli delle canzoni, si dicono cose che non avresti il coraggio di dire faccia a faccia, ma siccome hai solo quei titoli, le esagerazioni sono perdonate, no?

La mattina dopo, non appena la incrocio in corridoio, le consegno il CD. Mi ringrazia e se ne va via rapida. Io la osservo. Dopo qualche passo si ferma, legge i titoli sulla copertina e si gira verso di me, mandandomi un bacio con la mano.

Dopo pranzo, poi, passa in sala relax, dove sto rivedendo il monologo per gli esami di lunedì. Mi lascia un nuovo CD. Stavolta credo sia Venditti, quello con gli occhiali da anziano e i cappelli pure.

Ogni volta / Ricordati di me / Qui / In questo mondo di ladri / Notte prima degli esami / Ci vorrebbe un amico... / Buona domenica.

Il suo modo di augurarmi in bocca al lupo per gli esami.

Le voglio bene...

Passa Gabriele cantando: «Puttana, puttana la maestra...».

Gli tiro un'occhiataccia, come se con quelle parole stesse insultando la donna che mi entra dritta nel cervello con tutto ciò che fa. Mi guarda come a dire che lui può cantare quello che gli pare.

Penso alla mia risposta per Giovanna, cerco di ricordarmi i titoli delle canzoni dei Subsonica... Boh, mi inventerò qualcosa nel weekend.

22
Una Celentano per amica

Chi l'avrebbe mai detto che Alessandra Celentano, tanto criticata quando la osservavo da casa, qui dentro sarebbe diventata il mio punto di riferimento.

Con me è sempre simpatica, attenta, generosa e disponibile.

È una donna sicura di sé, della sua professione e dei suoi giudizi, che regala come perle lasciate dal mare. Non è mai fuori luogo, al contrario riesce sempre a essere misurata, mai eccessiva. Chissà perché questo non mi arrivava quando seguivo la trasmissione da casa con mio figlio... Probabilmente la TV *è una grossa cassa di risonanza e amplifica tutto, nel male e nel bene, ma è superficiale, bidimensionale; anche se è a colori in essa tutto appare o bianco o nero, senza sfumature. Se i ragazzi si dicono "ti voglio bene" a casa si fanno un film sulla storia d'amore, e magari era veramente un "ti voglio bene" privo di malizia. Se Garrison si commuove, a casa passa che lui ha un cuore d'oro, mentre la Celentano magari è bollata come la stronza della situazione. Non voglio dire che Garrison non abbia un cuore d'oro, anzi, ma che la Celentano, di certo, non ce l'ha di bronzo.*

È da un po' di giorni che sento il suo sguardo su di me. Non uno sguardo da portinaia, alla ricerca di qualche pettegolez-

zo; no, niente di tutto questo. Piuttosto sembra volermi dire: "Se vuoi sono qua, posso ascoltare, posso consigliarti".

E io lo faccio.

Busso al suo camerino.

«Avanti.»

Entro, dentro ci sono la sua assistente, Rita, e quella di Garrison, Claudia.

Lei mi guarda e capisce tutto.

«Scusate potete lasciarci sole?» chiede alle due ragazze.

Io mi guardo intorno. Certo che cambiano gli spazi che abitiamo a seconda della professione che svolgiamo. Il camerino di Alessandra è caldo. Appese alle pareti ci sono foto di ballerini e uno specchio con una mensola piena di creme, oli, fasce e mollettoni, e due bastoncini di incenso che liberano un filo di fumo. Poi, sparsi qua e là, maglie di lana e scaldamuscoli.

«Accomodati» mi dice.

Appena mi siedo sul divano di velluto beige, i miei occhi cominciano a lacrimare.

Lei si toglie lo scialle dalle spalle e lo appoggia sulle mie.

«È da un po' che ti osservo e ho capito che c'è qualcosa che non va... Se pensi che ti faccia stare meglio parlare, io sono qui.»

Ho voglia di silenzio.

Vorrei poter stare qui tutta la vita, avvolta da questo scialle, in questo camerino che mi riporta all'infanzia, a quando mio padre falegname costruì per me e mio fratello una piccola casetta di legno che poi mise al centro del salotto in modo che potessimo giocare ad avere una casa tutta nostra, una casa nella casa. Se penso alle volte che ho dormito lì dentro, alle volte che mia madre, nel cuore della notte, mi veniva a svegliare esortandomi ad andare nel mio lettino, nella mia stanza... Era rassicurante uscire dalla casetta e ritrovarsi comunque in casa. Mi sentivo doppiamente protetta. Lì nes-

suno sarebbe riuscito a farmi del male. È la stessa sensazione che provo ora, nel camerino di Alessandra: vorrei poter dormire su questo divano, con lo scialle addosso e lo sguardo della Celentano che mi accarezza.

Quella che avverto tra noi è un'intimità persino eccessiva, forse addirittura poco adulta per due donne che si conoscono appena.

Inizio a raccontarle di quanto mi sento sola da quando mio marito mi ha lasciato. Lei mi ascolta paziente, infine mi dice: «Be', ma non credo che il problema sia questo, no? Non sei la prima né l'ultima donna divorziata che vive da sola. A me sembra che il problema stia da un'altra parte...».

«Sì» rispondo io con un filo di voce. «Ho conosciuto un ragazzo» butto lì.

«Bene, no?» mi risponde con tono rassicurante.

«Sì. No, cioè non so... è tutto così strano... irreale.»

«Giovanna, le cose cambiano, la vita è bella proprio perché è imprevedibile! È splendido avere un'altra occasione, un altro motivo per cui tornare a vivere appieno. Non punirti più di quanto sia necessario. Quel brutto periodo che mi hai raccontato con il tuo ex marito è passato, ora stai vivendo una fase diversa, hai cambiato lavoro, hai cambiato testa e forse...»

«Ma cosa stai dicendo? A cosa stai pensando?» Ho la netta sensazione che lei sappia già tutto, che possa aver letto i miei pensieri. «Questo posto non c'entra» le dico e mentre parlo mi accorgo di usare un tono di voce deciso, quasi acido.

«Cosa c'è che non va, Giovanna?»

«C'è che io e lui non abbiamo niente in comune... non lo conosco nemmeno bene... è troppo giovane... C'è che sono una donna divorziata con un figlio e non voglio che niente e nessuno possa cambiare lo stato delle cose. C'è che ho paura: ho come la sensazione di stare facendo qualcosa che non dovrei fare. Mi sento un'egoista. Mi sembra che questo

sia solo un modo per dimostrare a me stessa che non è finita, che il mio cuore può tornare a battere. C'è che sto facendo una stronzata...»

«Quanti anni ha?» mi chiede a bruciapelo. Sembra che l'unica cosa che abbia colto nella mia frase è che lui è più giovane di me. Nella mia testa visualizzo il numero ventuno ed è come ricevere uno schiaffo in inverno, quando fuori fa freddo e la pelle a contatto delle dita gelate si straccia.

«Vent... ventotto» mento.

«E qual è il problema?» mi chiede.

«Come Alessandra? Io ne ho quaranta. Ci sono dodici anni di differenza. Poi ho un matrimonio alle spalle, guarda caso durato proprio dodici anni, e un figlio, altra coincidenza, anche lui di dodici anni. Ho una vita vissuta alle mie spalle e lui non ha nulla... Pensa, vive ancora con i genitori, non ha un lavoro... Non ha nulla. Dimmi, Alessandra, che cosa posso avere in comune con uno che è poco più di un bambino?»

«Adesso non esagerare, a ventotto anni non si è più bambini da un po'... Si è giovani, ma non bimbi. I nostri allievi sì, quelli sì che lo sono.»

Come un tornado, uno tsunami, quella frase mi strappa dal riparo che pensavo di aver trovato nel camerino di Ale. Mi sento sporca e senza fissa dimora.

Capisco che lei non sospetta nulla, che la sua tolleranza non contempla un flirt con un ragazzino della scuola. Che idiozia è stata pensare di poterle raccontare tutto, di poter condividere con un'altra donna un segreto così pesante.

«Hai ragione, forse sono troppo severa con me stessa» le dico alzandomi dal divano. «Dovrei prendere la cosa solo per quella che è, un semplice flirt. Non dovrei fare nessun tipo di progetto. Hai ragione: devo tornare a vivere e a godermi il momento, fregandomene di tutto il resto.»

La ringrazio e mentre l'abbraccio stretta, capisco di aver trovato un'amica, una persona che mi ha dedicato il suo tempo. E sto male, perché io l'ho ripagata con una menzogna. Sentendomi più sporca di prima, lascio quel camerino "carillon" con la ballerina che al centro della stanza mi sorride dicendomi: «Ogni volta che vorrai io sono qui».

23
Regali di Natale

Abbiamo parlato a lungo con Luca oggi. Ci ha spiegato come sarà il serale e a un certo punto ha affrontato il discorso disciplinare.

«Quanto al discorso voti... noi non possiamo controllarvi fuori di qui, però sappiamo cosa combinate. Sandro, tu addirittura hai tappezzato il tuo paese di cartelloni...»

Sandro quasi sviene, finge di cascare dalle nuvole.

«Tu invece, Elisa, so che hai provato a cercare Garrison sul cellulare. Non si possono avere contatti con gli insegnanti, lo sapete bene.»

Pendiamo dalle sue labbra, Luca sa cose che noi nemmeno immaginiamo.

«Come mai state così attenti ai contatti tra alunni e professori?» chiede Katia.

«In passato abbiamo avuto un professore fotografato a passeggio con la sua allieva preferita mano nella mano; una prof in discoteca con un suo allievo, il più carino; un altro insegnante ha inondato di messaggi una sua allieva e non solo in orari di lezione... devo continuare?»

«Chi? Chi è che messaggiava chi?» chiedono almeno dieci di noi.

«E qual è la prof della discoteca?»

Luca ha capito che ci ha detto troppo: «Siete maggiorenni e non c'è nulla di male se tra voi e i vostri professori nasce una simpatia e cominciate a frequentarvi... Però non vogliamo che si possa dire che chi ha vinto ci sia riuscito perché in qualche modo ha avuto un vantaggio da uno di noi autori o dai docenti, chiaro?».

«Ma quest'anno è successo qualcosa?» domanda Gabriele.

«Non ancora e ci terrei a finire l'anno senza sospetti» conclude Luca.

Tra qualche ora usciremo dalla scuola per le vacanze di Natale e quasi tutti torneranno a casa. Voglio raggiungere i miei in montagna. Con i primi soldi che ho messo da parte con la diaria di *Amici* – tre mesi – sono riuscito a fare un piccolo regalo ai miei, una vacanza in un bed and breakfast in Trentino. Sono partiti oggi. Stasera prenderò il treno e li raggiungerò.

Sono felice.

Viola mi piace come non mai. E mi mancherà. Invece lei, Giovanna, non mi mancherà per niente. Mi attrae molto, è vero, ma è troppo contorta... troppo adulta per me.

Viola e io ci salutiamo sul pullman.

Scendo all'uscita di Cinecittà e prendo la metro per arrivare in stazione. Ho in testa il mio cappello da snowboard, di lana grossa a righe. Così sembro uno dei tanti che gira per la città in cerca di regali a zero euro. Sulla metro metto le cuffie, quelle grosse, l'iPod sparato a mille, modalità random, così capita quello che capita...

A caduta libera / in cerca di uno schianto / ma fintanto che sei qui / posso dirmi vivo. / Tu affogando per respirare / imparando anche a sanguinare / nel giorno che sfugge... / Il tempo reale sei tu / a difendermi a farmi male / sezionare la notte e il cuore per sentirmi vivo / in tutti i miei sbagli.

Giovanna sarebbe uno sbaglio. Di certo sarebbe uno schianto, quello che in certi momenti desidero con tutto me stesso...

Sono perso nelle mie fantasie quando sul mio vagone salgono tre signore ricche, di quelle belle, un po' rifatte, di quelle che anche in questo periodo che di soldi ce ne sono pochi comprano ogni giorno qualcosa di nuovo. Una di loro è bellissima, avrà circa quarant'anni, pantaloni corti e stivali, una fascia di pelliccia a trattenerle il seno rifatto che le lascia scoperta la pancia e, sopra, una giacca di pelle. Ha due labbra strepitose e parla ad alta voce con le amiche, le fa ridere. A un certo punto tira fuori da un sacchetto un pacchettino di carta velina chiuso da un fiocco rosso. Nella metro, tra gente che boccheggia, mette in mostra un tanga color panna, con le perline sul fianco, e un reggiseno senza ferretti, trasparentissimo. Resto senza fiato. Una donna tanto bella e provocante a due passi da me. Non si preoccupa di niente, vive a modo suo. Vorrei fosse mia, anche solo per mezzora. Quella donna mi incanta. Non riesco a non fissarla, imbambolato.

Ma dove sono? Ho perso la fermata! Sono in un posto che non conosco. Scendo al volo, passando di fianco alla bella donna. Sento il suo profumo, che mi entra nel cervello. Mi guarda. Per un attimo ho come la sensazione che voglia dirmi che con me lei ci starebbe... Purtroppo devo schizzare via. Salgo in superficie, ma non mi ritrovo. In lontananza vedo Castel Sant'Angelo, ma queste viette che ho davanti non le conosco proprio. Passa un autobus. Lo prendo anche se non so dove mi porterà. "Trastevere" c'è scritto sul display. A Trastevere ci andavo sempre, la sera, da ragazzino, sognando che un giorno avrei abitato lì. Ma io non conosco qualcuno che abita qua? Boh! Scendo dall'autobus e mi trovo in una piazzetta bella, con qua e là dei caloriferi a forma di fungo per tenere al caldo chi si siede ai tavolini all'aperto dei locali.

> Strade che si lasciano guidare forte... / Strade che si lasciano dimenticare...

Ancora i Subsonica nelle cuffie.

È da un bel po' che non vedo la gente a passeggio di sera, verso l'ora di cena. Pioggia e aria frizzante. La luce dei lampioni che illumina le strade è così bella quando non hai niente da fare e vai in giro senza una meta. Vedo uscire due vecchietti da una sala da tè. Si abbracciano. Ho come l'impressione che abbiano parlato del loro passato. Poi incrocio un gruppo di americani. Li riconosci perché sono grassi e fanno un gran rumore. Mi piacciono tutte queste persone che passeggiano. Non hanno tanti soldi da spendere perciò girano a lungo e sviluppano l'ingegno per trovare un pensierino piccolo – magari per i fidanzati – come quelle due ragazzine che stanno guardando la vetrina dei cellulari ricontando i soldi... Scuotono la testa...

Giovanna! Ecco chi abita a Trastevere. Potrei mandarle un SMS... dirle che mi sono perso e che devo prendere il treno. Magari mi spiega lei da che parte andare.

> Mi sono perso a Trastevere. Se sei in casa mi dai da bere?

Invio.

Non passa nemmeno un minuto.

Arriva un SMS.

È il suo indirizzo.

Alzo gli occhi.

Lei abita qui, in questa piazza. Le scrivo che sono già sotto casa sua. Vedo una finestra piena di luce aprirsi e una testa sporgersi per guardare fuori. Ha i capelli ricci, Giovanna, lunghi. A scuola non l'ho mai notata questa testa di ricci. Evidentemente li tiene sempre raccolti... Mi fa segno di salire.

Cerco il suo cognome sul citofono. Suono. Si apre una porta che dà su una scalinata ripida. Salgo i gradini a due a due. Trovo una porta socchiusa sulla destra, da cui arriva un filo di luce sul pianerottolo semibuio. Sarà questa... chiedo permesso entrando.

«Vieni, vieni.»

Entro in una sala con il parquet, soppalcata, il camino è acceso. Lei è seduta sul divano largo, addosso ha un maglione rosso lungo fino alle ginocchia, le gambe nude, i piedi sotto il sedere. Resto senza parole. Mi travolge un'immagine così.

Alla parete c'è una libreria alta fino al soffitto piena di libri di tanti colori, sembrano quasi pennellate. Un tavolino basso e largo a fianco del divano. Sopra un sacco di cornici d'argento, di varie dimensioni. In una vedo una sua foto: è al mare, indossa un costume intero. Riconosco lei e Beyoncé (sarà una sosia?) e poi foto di suo figlio. È più giovane di me, ma in certe pose quasi mi assomiglia. In una ha la maglia della Roma e il pallone sotto il braccio. Nessuna traccia del suo uomo, non in quelle foto, almeno.

Due finestre gemelle guardano sulla piazza dove fino a qualche istante fa mi trovavo io. Le luminarie natalizie sulla strada riflettono una luce azzurrina sui vetri. Alla sinistra del camino, sotto la scala del soppalco, si intravede la cucina, tutta d'acciaio. Il soppalco sarà una stanza da letto: infatti dalla ringhiera penzolano i pantaloni di un pigiama di seta a righe blu.

Giovanna mi guarda. Sta bevendo qualcosa. Nel bicchiere c'è del ghiaccio...

«Vuoi un gin con acqua tonica e limone?»

All'improvviso mi sembra di essere in discoteca o in un film americano dove bevono sempre tutti.

«Avevo freddo. Ho acceso il fuoco, bevuto già due bicchieri di gin, eppure il freddo resta. Forse per questo freddo che sento non bastano il fuoco e il gin...» mi spiega battendo piano la mano sul divano per invitarmi a sedere.

Appoggio per terra lo zaino. Rispetto a lei mi sento un ragazzino. Voglio dire: lei è sexy, ma è una donna, adulta, che beve gin tonic davanti al fuoco del camino...

Mi siedo sul divano vicino a lei. Vorrei darle la mano, forse anche un bacio sulla guancia, ma non faccio in tempo. Giovanna allunga i piedi sulle mie gambe e sposta la testa indietro.

«I miei piedi sono così stanchi...»

E così mi ritrovo a massaggiarle i piedi davanti al fuoco. Sembra piacerle molto. Anche Viola, se le faccio un massaggio ai piedi, si rilassa in modo pazzesco, solo che, di solito, subito dopo noi due facciamo l'amore.

Giovanna mi passa il suo bicchiere, sul bordo c'è una traccia del suo rossetto.

«Oh scusa, il mio rossetto... ti cambio il bicchiere?»

Bevo al volo un sorso e istantaneamente mi arriva il fuoco in gola. Sto diventando un massaggiatore professionista: cerco con gli occhi qualcosa per far scivolare meglio le mani. Sul tavolino davanti a noi c'è un idratante: andrà bene anche questo, no? Mi fa segno che va benissimo. Mentre le massaggio i piedi salgo con le mani, le caviglie sottili diventano lucide. Lei chiude gli occhi e la testa fa una specie di cambret sul bordo del divano. È tutto così strano. Fino a ieri ci parlavamo tramite messaggi cifrati e ora sono qui, in casa sua, le sue gambe nude sulle mie...

«Come mai da queste parti?» mi chiede lei tirando a sé i piedi, visto che le mie mani hanno smesso di massaggiarli.

Le spiego che mi sono perso, le racconto della donna della metro. Lei ride, forse non mi crede o forse sa troppo bene come succedono certe cose.

«Cosa ti piace di più...» mi chiede quasi sussurrando.

Eccoci al punto. La differenza tra le ragazze e le donne deve essere questa. Le donne non hanno timore di chiederti che cosa ti piaccia. Io divento rosso. Lo capisco dal sorriso che spunta sulle sue labbra. "I preliminari" vorrei rispondere, ma lei aggiunge subito: «... da mangiare? Che cosa preferisci? Ti cucino qualcosa, così metti qualcosa nello stomaco e poi parti, no?».

«Sì» rispondo io, sapendo che non ho nessuna voglia di partire.

Giovanna si alza, il maglione che le rimbalza sul sedere, a piedi nudi va verso la cucina.

«Posso farmi una doccia, così poi parto pulito?» domando con quel tono che solo il gin mi regala.

Risponde di fare come se fossi a casa mia. Salgo le scale del soppalco come se già conoscessi la sua casa. Vedo il letto disfatto, larghissimo e con lenzuola beige. Mi ci siedo per togliermi le scarpe. Sento il suo profumo, sparso, non concentrato come quando viene a scuola. Sul comò ha tante boccette con nomi che non ho mai sentito prima: Absinthium, Naso Matto, poi Mitsouko di Guerlain, Tundra. C'è anche un profumo al pepe firmato da un certo Villoresi. Ha una specie di collezione, come mia madre, solo che mamma ha tutta roba da discount dai nomi improbabili. Mi guardo intorno e dalla porta socchiusa del bagno intravedo una vasca. Entro. È un idromassaggio. Non so nemmeno come si accende, intanto faccio scendere l'acqua.

«Se hai bisogno dimmi, mi raccomando» mi grida lei dal piano di sotto.

Lotto per non risponderle che ho bisogno che mi lavi la schiena... So che sarebbe fuori luogo, perciò me ne sto zitto. Mi spoglio e mi butto in acqua. Schiaccio un paio di bottoni e le bolle partono. Sento i suoi piedi sulle scale di legno. Sta venendo qui. Afferro un bagnoschiuma a caso e lo verso sulle bolle, se no mi vedrà nudo. Giovanna entra in bagno, si appoggia al bordo della vasca e infila una mano nell'acqua. La leva subito: «Calda così ti va bene?».

Annuisco con la testa e poi mi abbandono sul bordo della vasca.

«Cosa ti piace più di tutto?» chiede lei di nuovo mentre accende due grosse candele e le appoggia sulla mensola sopra la vasca.

«Penne all'arrabbiata...» dico io, ma lei mi interrompe: «... non intendevo da mangiare...».

Lei spegne la luce.

Le sue gambe nell'acqua in mezzo alle mie...

24
Il mio dono

Mio figlio è da suo padre, abbiamo deciso che quest'anno le vacanze di Natale le passa con lui a sciare a Courmayeur.

È partito da soli tre giorni e la casa mi sembra vuota, il silenzio assordante.

Dopodomani è Natale e io ho deciso di farmi un regalo: mi sono imposta di rivedere Alberto, uno con cui sono uscita per un paio di mesi prima di capire che il mio sentimento per lui era troppo tiepido per poter sciogliere il mio cuore. Con Alberto l'unica cosa che ha sempre funzionato è il sesso. Bastava che lui mi sfiorasse e io mi accendevo come una torcia. Mi sono sempre vergognata un po' di questo mio modo di essere con lui. Grazie ad Alberto ho conosciuto una Giovanna più istintiva, più libertina. Ho provato piacere a fare sesso senza amore, una cosa di cui prima non conoscevo nemmeno l'esistenza. Con Giorgio non è mai stato sesso ma sempre e solo amore, dove la priorità non è mai stata il mio orgasmo ma sentire che lui era pazzo di me. Con Alberto la musica è cambiata, finalmente facevo sesso per me ed egoisticamente del suo piacere me ne infischiavo, ma non è durata tanto. Il mio senso di colpa – o la mia educazione cattolica – ha avuto la meglio e ho chiuso la nostra relazione. La settimana scorsa, però, lui mi ha chiamato, raccon-

tandomi che per Natale sarebbe tornato dai suoi a Roma e chiedendomi se mi andava di vederlo. Dapprima gli ho risposto di no. Poi ho pensato a Marcello, a quello che riesce a smuovermi... Ho pensato che forse vedendo Alberto sarei tornata finalmente in me, avrei di nuovo accarezzato la realtà, che è fatta di donne e uomini e non di donne e ragazzini; che perdermi tra le braccia di Alberto mi avrebbe fatto capire che una donna ha bisogno di certe cose e non di costruirsi castelli in aria... Alberto è esattamente come quella canzone di Marcella Bella che facciamo anche a scuola.

> *Spero solo che non bussi un uomo adesso / mi comporterei come non vorrei. / La mia mente è chiara ma a volte è più forte il sesso. / La mia gatta è ancora lì non parla ma dice sì...*

Tutte le volte che la cantiamo provo un filo di imbarazzo, ma i ragazzi no. A volte mi chiedo se ne afferrino il senso. Il fatto è che non sono così libera come voglio far credere a me stessa.

Sto aspettando Alberto e per abbassare un po' le inibizioni mi sono fatta già due gin tonic, io che ne berrò sì e no cinque all'anno.

Ho acceso il camino, mi sono infilata il maglione di cachemire rosso che mi ha regalato la Celentano – deve vedermi molto più grassa di quello che sono considerato che sarà di due se non tre taglie più grande della mia –, lasciando le gambe scoperte. Sotto ho solo uno slip di Gap un po' maschile. Ho un filo di rossetto sulle labbra e i capelli sciolti. Tutti questi ricci mi danno un'aria un po' selvaggia, meno intellettuale del solito, così con Alberto non ci perderemo in chiacchiere inutili. Lui è uno semplice: ci vuol poco a intuire le sue mosse e a guidarlo dove voglio. Basta che lasci socchiusa la porta quando citofonerà e che mi faccia trovare sul divano al cellulare mentre distrattamente mi accarezzo una caviglia ed è subito fatta. Voglio che finisca prima possibile. Via il dente e via il dolore. Finalmente capirò se ho superato la prova.

Bip bip bip. Un SMS.

È in anticipo di mezzora.

> *Mi sono perso a Trastevere. Se sei in casa mi dai da bere?*

No, 'sto ragazzino mi sta rovinando i piani. Non sono una che crede nel destino ma...

In un nanosecondo dimentico Alberto, e capisco che da lì a poco commetterò una cazzata.

> *Questo è il mio indirizzo... Non sto facendo nulla... Se vuoi sali.*

Mi risponde che è già sotto casa mia. Mi affaccio alla finestra e gli faccio segno di salire. Poi, non so perché, appena la chiudo, istintivamente mi faccio il segno della croce. Dopo nemmeno trenta secondi suona il citofono.

Cosa cazzo sto facendo?

Invece dell'uomo che aspettavo, ecco che arriva un ragazzino, vestito da ragazzino, con un cappello da deficiente che si può giusto permettere perché sa di essere carino, delle cuffie enormi in testa attaccate a un iPod nano, lo zaino sulle spalle... per un attimo in lui rivedo mio figlio e intuisco come potrà diventare fra meno di dieci anni.

Dieci anni?

Mio figlio?

Che cosa sto facendo?

Dovrei trovare il coraggio di andare in cucina, allungargli una birra e raccontargli che sto aspettando qualcuno, che tra qualche minuto arriverà un uomo. Ma non ci riesco. Il mio cuore batte all'impazzata. Riconosco lo sguardo che si posa sui miei capelli e corre sul mio maglione scivolando tra le mie gambe. Mi sento così cretina! Il gin sta facendo effetto, evidentemente. Richiamo sull'attenti tutte le mie inibizioni, ma quelle si sono già diluite nel gin...

«Vuoi un gin con acqua tonica e limone?» gli chiedo porgendogli il mio bicchiere sbavato di rossetto.

> *Aria, quasi manca l'aria / nell'aria ci siamo ancora noi / voglia, maledetta voglia che / a intervalli mi riassale io mi sento così male. / Io non sono un animale sono un essere che ama chi non c'è / il valore è sempre uguale, carne e anima impastata senza te.*

Lui getta lo zaino a terra e si siede vicino a me sul divano.

Non so perché, ma a un certo punto gli dico una sciocchezza che, ascoltandola, risulta ridicola e non mia: «I miei piedi sono così stanchi...». E mentre la pronuncio li appoggio sulle sue gambe.

Marcello inizia a massaggiarmeli. Ho già capito dove andremo a finire.

Non voglio.

Tengo gli occhi chiusi, un po' per l'imbarazzo, un po' per non ricordare a me stessa che è solo un ragazzino.

«Come mai da queste parti?»

Il gin smette di fare il suo lavoro solo per pochi secondi e torno mamma e professoressa.

Lui mi racconta di una strana situazione vissuta sulla metro, ma io non lo seguo. Il suo mi sembra il tipico discorso di chi vuole sembrare più grande della sua età...

«Cosa ti piace di più?» gli domando a un certo punto io. Capisco subito che formulata in questo modo, la mia domanda può essere fraintesa, perciò subito aggiungo: «... da mangiare? Che cosa preferisci? Ti cucino qualcosa, così metti qualcosa nello stomaco e poi parti, no?»

Mi alzo senza nemmeno aspettare la sua risposta e vado verso la cucina. Avverto il suo sguardo su di me e sento la sua voce che mi chiede se può farsi una doccia.

«Fa' come se fossi a casa tua.»

Che frase idiota! Questa non è casa sua, ma la casa della sua professoressa e di una mamma, di un'adulta e lui... è solo un ragazzino che non sa nemmeno cosa vuole dalla vita.

Perché io lo so invece?

Lo sento salire sul soppalco. Ha capito dov'è il bagno.

Io sono in cucina in preda alla confusione. Metto l'acqua sul fornello, ma dimentico di accendere il gas, apro il frigorifero ma non riesco a decidere cosa prendere. In un attimo di lucidità mando un messaggio ad Alberto per rinviare il nostro appuntamento.

Le mie gambe sono attirate dal soppalco, io cerco di resistere, prendo tempo, mi siedo al tavolo, guardo fuori dalla finestra, il cuore in gola, la pelle che prude. La mia testa è ancora lì su quella sedia in cucina, ma il mio corpo è già sulle scale.

Entro in bagno. Marcello è nella vasca, ha azionato l'idromassaggio, ma ci ha messo il bagnoschiuma: in un attimo la stanza sarà invasa dalle bolle.

Mi siedo sul bordo: «Calda così ti va bene?». Una domanda stupida che non merita nemmeno una risposta.

Tra le bolle spunta la sua eccitazione. Io accendo due candele, che appoggio sulla mensola sopra la vasca.

«Cosa ti piace più di tutto?»

«Penne all'arrabbiata...»

Spengo la luce. Mi levo il maglione e con indosso solo gli slip mi infilo nella vasca.

E in un attimo sto facendo l'amore con un ragazzino.

25
Un'esperienza pazzesca

Ripenso a quello che è successo stanotte.

A un certo punto Giovanna mi ha fatto vedere un DVD con tutte le sue tournée, una dopo l'altra. Ci teneva a farmi capire che lei è stata veramente una corista di altissimo livello. Ha cantato con Aretha Franklin, capito? Dietro la regina del soul, tra le coriste che cantavano muovendosi da dio c'era lei, Giovanna.

«Sai che mi hanno appena contattato quelli del suo management per chiedermi se voglio tornare a girare con lei?»

Mi prende una fitta al cuore. Se lei parte io cosa faccio?

«Se solo mia madre si prendesse cura di mio figlio... ma per il momento non se la sente.»

«Se no andresti?» le domando come se mi avesse confidato di voler partire per l'Everest.

«Subito» risponde. «Non hai idea di quanto sia bello essere in tournée con una star del genere. Camerini che sembrano appartamenti, truccatrici e parrucchiere private. Vestiti da scegliere negli showroom di Melrose a Los Angeles. E poi i migliori musicisti del mondo. Anche per te sarebbe un'esperienza pazzesca. Chissà, magari ha bisogno di italiani. Potrei provare a chiedere...»

Immediatamente il mio cervello viaggia. Le domando se farebbe davvero questo per me.

«No, lo farei per me, per averti sempre vicino.»

Uscire dall'aria viziata e falsa dell'Italia – dove i ballerini lavorano per otto secondi all'anno oppure devono sperare in un provino e poi di riempire il teatro altrimenti tornano a casa a servire panini da Burger King – sarebbe un sogno. Come lo è stata questa notte.

Mi sveglio alle sei del mattino. Ho freddo. Giovanna dorme al mio fianco. Le sue gambe spuntano dalle lenzuola. Il seno, con qualche piccola smagliatura, fa capolino dalle coperte. La pelle di una donna adulta è diversa da quella di una ragazza, più rilassata anche se ancora tesa... è bella ma diversa, è da donna!

Si sveglia anche lei. Si accorge che la sto guardando. Mi chiede se voglio un caffè, un cappuccino. È gentile, ma in un modo strano... come una che pensa di non meritarsi quello che ha avuto. La accarezzo e scopro una Giovanna che non conoscevo, remissiva, completamente dedicata a me, tanto che mi prende una paura nuova. Pensavo che mi avrebbe coccolato, non che *avrebbe avuto bisogno* di farlo... mi spiego? Ho la sensazione che mi serva come una geisha per paura di non essere all'altezza. Mentre bevo un caffè seduto sul suo letto, lei fa il bagno, premurandosi costantemente di non farsi più vedere nuda da me.

Una volta, su un giornale femminile, ho letto una serie di consigli per le donne che vogliono apparire bellissime al loro uomo. Quando sono nude devono sempre o stare di spalle alla finestra con le luci spente o avere luci dal basso, mai dall'alto, sempre con qualcosa addosso, anche la prima cosa che capita, tipo un lenzuolo, una maglietta... lei fa tutto questo. Si sforza continuamente di piacermi come stanotte.

Dopo la colazione fa qualche addominale, poi passa a due piccoli bilancieri per pettorali. Ci tiene a essere sempre in forma. Mi sorprende però quell'aria da ultima spiaggia.

Cosa farò ora?

Penso a Viola. Devo dirglielo al volo che mi sono perso e che Giovanna mi ha ospitato anche se so che questo solleverà un casino pazzesco; poi no, decido che questa notte merita una bugia ben fatta, merita di avere un posto nel mio cuore. D'ora in poi il mio cuore si sdoppierà.

Devo partire per Trento. Rivedere mamma e papà mi farà bene, per capire da che parte andare.

Giovanna con questa faccenda di Aretha Franklin, della tournée in giro per il mondo mi ha un po' mandato fuori. In America e in Inghilterra i ballerini lavorano non solo a teatro ma pure con le star del pop, nei loro video, ma anche nei loro concerti. Magari potrei conoscere Usher e Lil Jon... Quello inglese e quello americano sì che sono veri show biz... In Italia, le star sono sempre le stesse da vent'anni, si trascinano da un'inaugurazione all'altra e il più delle volte si confondono con quelle che star non sono. Li vedo su "Dagospia" e mi fanno una tale pena: mezze nude, mezzi pompati. No, grazie, questo non è il mio futuro. Mai su *Cafonal*, promesso!

Appena finito *Amici* saluto Viola, saluto tutti e li mollo. Eppure... c'è una cosa che non mi convince. Avete presente quelle ragazzine che incontrano il produttore che dice loro: «Bimba, farò di te una star»? Ecco, a me sembra che Giovanna abbia bisogno di agitarmi davanti al naso la prospettiva di una strada costellata di stelle per essere certa che camminerò con lei. Come se lei da sola non potesse bastarmi.

Rifaccio lo zaino cercando il modo migliore per salutarla.

Ho la netta sensazione che questa sarà l'ultima volta che la vedrò.

È tutto pronto. Sto per scendere da lei quando suona il citofono.

«Cazzo, è mio figlio! È già tornato. Chissà che cosa è successo, doveva passare le vacanze con suo padre... Ti prego, Marcello, vai via subito, non voglio che ti veda.»

Già, perché io invece? Scatto fuori da casa sua con lo zaino sulle spalle prima ancora che lei apra il portone per far entrare suo figlio, e salgo al piano superiore. Mi acquatto sulle scale in modo da vederlo passare. Lei apre la porta, in attesa del suo arrivo. Guarda verso di me, nascosto. Arrossisce. Si mangia una pellicina attorno all'indice. Non ha il coraggio di guardarmi negli occhi. Non vuole salutarmi, non ora che arriva suo figlio. Come se nella sua classifica degli affetti non ci fosse proprio gara tra me e lui: figlio contro amante giovane, vince sempre e comunque il figlio. Quando finalmente il ragazzino arriva, Giovanna lo abbraccia e lo tira dentro casa come se avesse otto anni. Ed è alto quasi come me, fra l'altro.

Se sapesse... immagino già come mi guarderebbe. Non avrebbe pietà per me. Non a botte intendo, ma a parole. Mi farebbe nero. Sento girare la chiave nella serratura, mi rialzo. Scendo la rampa di scale che mi separa dal suo pianerottolo. Resto qualche istante davanti alla sua porta. Magari con una scusa riapre e mi saluta.

Zero.
Scendo veloce i gradini e sono in strada.
Com'è fresca l'aria qui fuori... lontano dal profumo da signora di Giovanna, da quel calore. Senza quella pesante sensazione di essere soltanto la conquista di una ricca ereditiera non più giovanissima. *Cougar* si dice in inglese, come Demi Moore, la donna di Ashton Kutcher...
Corro. Corro verso la stazione. Stavolta non mi perdo più. Ora che sto scappando da lei. Penso a Viola, al Natale che è dietro l'angolo, alla mia famiglia. A mia sorella grande che mi adora e che da quando sono in un programma TV ha pure trovato un fidanzato. Si gasa con tutti grazie a me. Credevo che una studiosa di lettere classiche avesse più distacco rispetto ai "sottoprodotti della TV", una delle tante definizioni di *Amici* date dai rosiconi che lo criticano perché non possono parteciparvi...
Arrivo in stazione in pochissimo tempo. Per fortuna trovo subito l'Eurostar per Trento. Non c'è un posto libero, ma me ne frego e mi ci schiaffo comunque dentro. Poi mi arrangerò...
Dopo circa una mezzoretta, una ragazza diretta a Bolzano, carina, mi invita a sedermi accanto a lei. Doveva esserci il suo fidanzato su quel treno... ex fidanzato direi, considerata la foga con cui ne parla, raccontandone tutto il male possibile. Chiacchiera e io la osservo. È bellissima e, da come mi prende le mani tra le sue ogni tanto, da come si sporge sul bracciolo che ci divide, quasi volesse abbatterlo, mi sembra di capire che mi vuole alla grande. Oltretutto non ha mai menzionato *Amici*, quindi non è di quelle che impazziscono per te e sul più bello...
No, ti prego, dimmi che non sta accadendo...

«E Maria, com'è?»

Ecco, me l'ha chiesto.

Le rispondo che è speciale, un genio. Punto. Blocco totale. Dopo una galleria chiudo gli occhi e dormo. All'inizio per finta, poi sul serio. Dormo.

E sogno di essere ancora piccolo. Quando bastava l'arrivo del Natale per risolvermi la vita. Prima di tutto, 'sto Babbo Natale mi portava sempre qualcosa, poi c'era magia nell'aria. E poi mamma era molto più felice del solito, e mio padre, be'... era il papà più simpatico del mondo.

Adoravo quando svegliava me e mia sorella: «Ho sentito dei rumori, di là...» indicando la stanza dove c'era l'albero di Natale. Aveva un entusiasmo che non gli ho più visto, a parte quando la Roma gioca benissimo. Voglio dire un entusiasmo senza ragione visto che né io né mia sorella credevamo più da un pezzo a Babbo Natale. Ho amato tanto quella sua voglia di sorprenderci, l'energia che metteva nel far vivere un vecchio col pancione e la barba bianca. Come solo un grande attore sa fare, riusciva a tenere in vita una maschera anche se noi non volevamo crederci. Sono immerso in questo sogno e ho addosso quell'entusiasmo che genera fiducia e gioia allo stato puro quando sento una voce che dice: «Trento, stazione di Trento. Il treno prosegue per Bolzano, Innsbruck...».

Scendo al volo dal treno. Ancora immerso nel torpore del mio bel sogno, penso che forse mio padre verrà a prendermi vestito da Babbo Natale... invece no, ma poco ci manca. Si presenta con indosso una tuta da sci rossa, una sciarpa di lana bianca al collo, sembra quasi una barba! Se avesse avuto in mano le redini di una slitta con renne, lo avrei scambiato davvero per Babbo Natale.

Un'ora di macchina e arriviamo a Pinzolo, un paese del Trentino.

Alloggiamo in un bed and breakfast molto carino. È bellissimo perché là dentro vedo la mia famiglia felice per il mio arrivo, perché domani è Natale, perché mi dicono che qui si mangia bene e poi perché... tutti lì dentro sembrano aspettare me. Forse durante le ore passate a giocare a carte, i miei si sono lasciati andare alle confidenze e hanno raccontato che ora sono nella scuola di *Amici*. Insomma se non hanno venduto una mia esibizione durante il cenone di Capodanno è solo perché la padrona del bed and breakfast non ha insistito. Tutti mi guardano come se fossi Tom Cruise. Invece sono soltanto io.

Saluto Anna, la mia sorellona. La prendo in giro, come al mio solito. È super cristiana, si veste come una suora in libera uscita e ha una facciona sempre sorridente, pallida pallida con due guance che sfidano quelle della Ferilli. Mi abbraccia stritolandomi.

«Allora?» mi fa. «Che cosa mi racconti?»

In effetti le devo parecchie storielle.

«Hai tempo?» le dico. «Ho molto peccato sorella, sono in tempo per la confessione?»

«Cretino!»

26
Vuotare il sacco fa bene

Ora che ho raccontato tutto a mia sorella e sono in attesa del suo verdetto sto meglio. Ora che le ho detto che amo Viola, la ragazza più bella della scuola con la faccia da Barbie; ora che sa di Giovanna, l'insegnante che mi adora; ora che sa che abbiamo dormito insieme; ora che sa tutto questo io mi sento meglio. Forse lei riuscirà ad aiutarmi a mettere ordine nei miei pensieri.

«Anch'io mi ero innamorata di uno dei miei professori, alle medie. Aveva la barba e l'aria da saggio indiano. Mi aveva fregato con le parole, forse perché papà con le parole non è mai stato un mago e quell'insegnante era il primo uomo adulto e un po' affascinante che mi capitava di incontrare. Quindi non credere che non ti capisca. Ma andarci a dormire – che poi 'sta cosa me la devi spiegare meglio –, dicevo, andarci a dormire questo mai! E poi non ha già un figlio? In televisione sembrava tanto brava e per bene, un pochino insoddisfatta forse, ma per bene.»

Non la sta prendendo come vorrei io, la mia sorellona.

Anna ha studiato pianoforte per undici anni – perciò ne sa di musica –, e sostiene che Giovanna è brava. Mia sorella capisce cosa spinga me verso una donna come lei, ma non riesce proprio a comprendere che cosa spinga lei verso di me: «Non è un rapporto alla pari, Marcello, prima o poi uno di voi due soffrirà come un cane».

Ci penso, in effetti. Ma il problema l'ho già risolto: «Non sarò io a soffrire, Anna. Io amo Viola anche se non ci sentiamo da ieri mattina. A Giovanna non penso più. Non credo che ci ricascherò».

Anna non è soddisfatta.

«Potresti essere suo figlio... Lei approfitta della sua posizione – è pur sempre una che potrebbe aiutarti a fare carriera – per affascinarti e farti perdere l'equilibrio, capisci?»

Le spiego che pure io ci ho messo del mio, che mi ha divertito far cadere ai miei piedi una donna molto più grande, che mi piace il suo modo di baciare... Ecco, questo forse non dovevo dirlo.

«Ti ha baciato?» urla lei come se avesse sentito il clic della fine del mondo. Come spiegarle che "abbiamo dormito insieme" per me vuol dire che siamo stati a letto insieme, insomma che... Credevo si capisse. Stupidamente mi sono dimenticato che mia sorella è cintura nera di cattolicesimo, seconda ai Mondiali di catechismo su pista.

Me ne sto zitto, seduto sul bordo del letto, mentre Anna corre fuori sul balcone della stanza a prendere fiato una volta realizzato il vero senso della mia frase. Quattro sotto zero, lei con indosso soltanto una camicia da notte e una felpa. Torna dentro e mi guarda storto.

«Tu devi essere impazzito! Ti rendi conto che quella ha vent'anni più di te? E non hai pensato a Viola? Devi parlarne con papà... Anche perché se non lo fai tu, lo farò io!»

Fa per uscire dalla stanza, ma la blocco: «Tu non gli dirai nulla, hai capito?».

«Marcello, non posso nascondergli una cosa del genere.»

«Ti prego, Anna. Sono maggiorenne e so badare a me stesso. Faccio la mia vita e nessuno ha il diritto di intromettersi... E poi, mica mi ha costretto...»

«Ma...»

«Niente ma, Anna. Me la sbrigherò da solo, sta' tranquilla. Tu promettimi che non dirai nulla a nessuno.»

Alla fine la convinco a tenere la bocca chiusa.

Non so se riuscirà a farlo.

Mi chiedo se non sia stato un errore raccontarle tutto.

Mi scoppia la testa, perciò esco a fare una passeggiata.

Quando rientro nella mia stanza mi cade l'occhio sullo zaino che ho mollato su uno sgabello al mio arrivo e che non ho ancora disfatto. Sembra quasi che, nella lingua dei bagagli, voglia dirmi "Andiamo!". Gli do retta immediatamente.

Ho deciso, torno a Roma. Devo trovare una scusa valida per farlo, però, altrimenti i miei capiranno che è successo qualcosa. Voglio vedere Viola. Mi sento solo e, quel che è peggio, è chiaro che nessuno qui può capire come sto in questo momento. Be', non è che a Viola potrò dire tutto, però vorrei averla vicino adesso.

Devo affrontare mio padre.

«Papà, io devo tornare a Roma. Questi erano i patti, se succedeva qualcosa, tipo che cambiavano la data di messa in onda, eravamo tenuti tutti a tornare prima. Mi pagano l'aereo da Verona...»

Mio padre è senza parole. Si vede che è dispiaciuto che me ne vada proprio la Vigilia di Natale. Sono appena arrivato, dopotutto. Con me non ha mai saputo parlare, lui. Noi discutiamo di sciocchezze, come se il cazzeggio fosse il nostro unico modo di comunicare.

Lo saluto, poi vado a salutare mia madre e mia sorella, che continua a guardarmi storto da quando le ho raccontato di Giovanna.

Salgo sull'autobus che mi porterà all'aeroporto. Quando parte mi volto verso la mia famiglia. Avrei voluto dire loro qualcosa di più, ma non mi è venuto fuori niente. Quest'anno il Natale non sarà magico per la famiglia Maltoni...

> Sfreccia in cielo un aeroplano / io ti amo e non ti penso mai...

Non è che capisco tutte le parole dei Baustelle ma li ascolto sempre. Questo pezzo, però, lo capisco bene: io amo Viola anche se non la penso mai, come se non ce ne fosse bisogno, come se fosse una cosa già risolta, decisa; come se non fosse necessario dirlo o comunicarlo.

Il mio aereo sta atterrando a Roma.

Se è ancora in città, fra pochissimo rivedrò la mia Barbie cantante. Sceso dall'aereo le telefono almeno dieci volte. Quando mi risponde mi sembra quasi distratta. Per due volte sento un gran rumore di voci in sottofondo, per il resto ci scambiamo parole da buoni vicini, non da innamorati. Mi sento male, questo è chiaro. Ho tradito Viola e l'ho fatto senza nessun bisogno reale. Cioè, il nostro rapporto funziona, certo con alti e bassi, però lei, in fondo, non mi fa mancare niente. Be', se non mi mancasse proprio niente forse con Giovanna nemmeno iniziavo a fare lo scemo. Però, alla fine, ho dormito con lei solo per capire se mi piace la panna sulla cioccolata, per fare un'esperienza. Ci sono volte che mi dico che ho fatto bene, ma ce ne sono mille altre che mi do dell'animale. Adesso vorrei arrabbiarmi per come mi sta trattando Viola ma non posso, non dopo che l'ho messa da parte per assaggiare la panna. Ogni volta che ho visto un film in cui uno tradisce la compagna, ho sempre preso le parti di chi soffre, della cornuta insomma. Ho sempre pensato che tradire sia da delinquenti. E io così mi sento. Un delinquente. Un ladro di fiducia.

Rifletto su tutto questo sul taxi che mi riporta al residence. Prima di entrare guardo verso la stanza di Viola. Le luci sono spente. Me l'ha detto poco fa al telefono che stava per raggiungere Katia al mare per trascorrere con lei e Sonia le vacanze. Speravo che mi chiedesse di raggiungerla o che almeno mi avrebbe aspettato per salutarmi... Salgo in camera mia e appoggio lo zaino su una sedia. Mi butto sul letto e riesco solo a togliermi le scarpe prima di addormentarmi come un sasso.

27
Che ho fatto?

Con cappello, bavero del cappotto alzato e occhiali scuri sono entrata in sala professori. I miei colleghi stavano parlando delle vacanze appena trascorse. Chi è stato in montagna, chi ha approfittato dei giorni liberi per raggiungere la famiglia. Ho invidiato tutta questa normalità, questa tranquillità fatta di routine, questo ritrovare la propria vita fuori di qui. Io invece mi sento come un tavolo da biliardo senza sponde: le palle cadono giù, una dopo l'altra.

La Celentano ha aspettato che mi togliessi gli occhiali per guardarmi dritto negli occhi. Poi ha preso la situazione in mano e mi ha detto in tono perentorio: «Giovanna vieni nel mio camerino che ti devo dare una cosa».

L'ho seguita, ubbidiente. Lei ha chiuso la porta dietro di me.

Istintivamente mi sono seduta sul divano beige, ho tolto gli occhiali, ma non ho alzato lo sguardo.

«Come va?»

«Bene, un po' stanca. Ho dovuto fare dei lavori a casa, ho approfittato del fatto che mio figlio non ci fosse per sistemare un po' di cose. Sai, tutte quelle noie casalinghe che durante l'anno non riesci a fare ma devi...»

«Ti ho chiesto come stai Giovanna» ha insistito Alessandra fissandomi negli occhi.

Ho iniziato a piangere come una fontana. Lei, a quel

punto, si è avvicinata, si è seduta al mio fianco e mi ha abbracciato.

«Dài, raccontami tutto. Ti farà bene.»

«Non c'è nulla da dire, Ale. C'è che sono una stronza, una stronza e una bugiarda. Non ti ho raccontato tutta la verità, anzi, diciamo pure che ti ho mentito alla grande. Tu mi hai dato tutta la tua disponibilità, tutta la tua comprensione e io come ti ho ripagato? Con le bugie. Alessandra, il ragazzo di cui ti parlavo non ha ventotto anni, ne ha solo ventuno...»

«Me lo immaginavo...»

«No, non puoi. Non è solo un problema di età... il ragazzo è Marcello.»

«Marcello chi?»

«Marcello, quel Marcello, il nostro Marcello.»

La Celentano a quel punto si è alzata di scatto, è andata verso la porta, mani sui fianchi, per poi girarsi e fare due passi verso di me.

«Tu sei matta, una pazza scatenata! Ti rendi conto di cosa hai fatto? Un ragazzino... un ragazzino della scuola. Capisci la gravità della cosa? Qui siamo in TV*, basta un niente e tu sei sputtanata, sputtanata per sempre... Hai presente in che mondo viviamo, no? Sai bene che se si viene a sapere questa cosa tu diventi il mostro da sbattere in prima pagina e se ne va affanculo tutto, tu, noi, il programma, no?»*

«Alessandra, io che cosa posso farci? Ho tentato di scacciare questa cosa, tu non sai l'inferno che ho attraversato. Non sai le notti insonni passate a sperare che tutto questo potesse finire, che un giorno mi sarei svegliata e mi sarei accorta che non avevo più quel ragazzino nella testa. Invece no... era sempre lì come un'ossessione, come quando hai un dente che ti fa male: tu vorresti dimenticarlo, ma la lingua ci batte ogni due secondi solo per ricordarti il male che ti fa... Ti prego, Ale, non giudicarmi, almeno tu. Già lo fac-

cio da me. In questo momento non ho bisogno di un altro che mi punti il dito contro. Sono già abbastanza nella merda. Sono qui perché ho bisogno di aiuto per uscire dal casino nel quale mi sono cacciata.»

«Ok, ok, perdonami. Come posso aiutarti se non mi racconti tutto? C'è qualcos'altro che devo sapere? Quanto è grave questa cosa? Stiamo parlando di un flirt o di altro?»

Un pugno allo stomaco.

Nella testa solo le immagini di quella notte: la Jacuzzi con le bolle, il maglione rosso di cachemire a terra e Marcello nudo nella vasca e poi... più nulla. Anche il mio cervello rifiuta il ricordo di quello che è accaduto dopo.

«Giovanna mi dici che cosa è successo esattamente con Marcello?»

«Quello che ti immagini... Alessandra non farmi parlare, proprio non ci riesco.»

Non dimenticherò mai i suoi occhi: uno squalo appena prima di attaccare la preda ha uno sguardo più dolce.

Ha fatto un respiro profondo, poi è andata alla specchiera e, presa una sigaretta dal pacchetto, si è seduta, incrociando le gambe, accanto a me.

«Chi lo sa oltre me?»

«Nessuno, sei pazza?»

«Be', nessuno non direi... Non ti vorrei spaventare, ma lui forse a qualcuno lo racconterà...»

«No, di questo sono sicura, non lo dirà a nessuno.»

«Ma dove vivi? Hai presente che pelo sullo stomaco hanno questi ragazzini? Questi vogliono notorietà, successo, fama e ormai sono abituati a pensare di arrivarci solo attraverso scandali e scandaletti. Marcello ha nelle mani un'arma potentissima. Lui è la vittima perché è un alunno e un ragazzino, e se questa cosa dovesse uscire l'unica responsabile agli occhi di tutti saresti tu. Non sai che gola fa alla stampa una cosa del genere... Riesci a immaginare quale cac-

cia alla strega si scatenerebbe? E lui ne uscirebbe da eroe, da trionfatore. Marcello ne è consapevole. Questa situazione potrebbe giovare soltanto a lui.»

«No, Marcello è diverso. Non è come tutti gli altri...»

«Marcello è un ragazzino di ventun anni che di sua spontanea volontà è entrato in questa scuola, zeppa di microfoni e telecamere, dove vince solo uno e non perché sia il più bravo, ma perché un pubblico di inesperti lo sceglie! Figurati se si sapesse questa storia: diventerebbe un eroe per tutti. Tu sostieni che Marcello non è come gli altri. Forse hai ragione, ma io non mi preoccupo di lui, bensì di colui che potrà venire a conoscenza di questa situazione e che poi magari lo spingerà a renderla pubblica. In questo caso sarebbero cazzi, eccome...»

28
«E non faccio nomi...»

Il primo giorno di lezione ho la testa che mi scoppia. Sembra che dentro ci siano migliaia di rane isteriche. Salgo sul pullman ma non saluto nessuno, non mi va. Vedo Viola, che ride con Katia e Sonia. Parlano di Capodanno. Che nervi, già mi immagino gare di maglietta bagnata, sfide di lap dance e il peggio che può pensare un fidanzato che si sente in colpa e che giudica la sua donna in base a quello che lui stesso ha fatto. Dopo che ha finito di ridere si avvicina al mio sedile.

«Tra un minuto siamo arrivati» mi dice come se fosse l'hostess. «Mi hai cagata pochino in questi giorni, chiedi scusa!»

«Scusa perché?»

«Perché hai pensato poco a me e tanto a quella.»

Quando sono lucido e concentrato sono capace di cogliere un "già so". Il "già so" è un trucco, come dire: "... e com'era quella con cui mi hai tradito?", "perché proprio tu mi hai preso venti euro dal portafogli?". Si fa una domanda alla quale se rispondi senza negare ammetti di aver fatto qualcosa.

Viola lo sta facendo senza la malizia che ci vorrebbe, ma io ci casco come un idiota.

«Ma che c'entra quella!» rispondo.

Lei che fino a quel momento ha riso e scherzato, si fa seria.

«Ho sempre pensato che non ci fosse una "quella", ma se c'è forse dovrei saperlo, non trovi?»

«Non c'è nessuno, Viola. Lo sai.»

«Durante le vacanze, ti sei fatto sentire solo una volta, quando sei tornato a Roma. Se anche non fossi stato con un'altra questa cosa mi avrebbe offeso comunque» mi dice quasi sul punto di piangere.

Arriviamo a scuola.

«Non c'è nessuno» le ripeto cercando di afferrarla per un braccio mentre scappa dentro lo spogliatoio delle ragazze. Poi riapre la porta e mi urla contro: «È inutile che continui. Mi basta questo. Devi sapere che a Capodanno avrei voluto divertirmi in modo diverso, ma sono andata a letto prima di mezzanotte. Perché penso di amare solo te. Almeno lo pensavo...». Mi sbatte la porta in faccia.

Che giornata di merda!

Nello spogliatoio dei ragazzi c'è la "gara dello scalpo", come fanno gli indiani con i cowboy uccisi. Ognuno racconta le sue vacanze e, soprattutto, le sue conquiste. Chissà cosa direbbe Gianni, l'altro cantautore della mia classe, se sapesse che sono andato a letto con la sua maestra del cuore?

Mentre aspettiamo l'inizio delle lezioni in sala relax, mi accorgo che Massimo mi sta osservando. A un certo punto viene verso di me e mi prende per un braccio: «Tu hai l'aria di quello che ha fatto guai seri, vero?». Io vorrei dirgli che è vero, proprio vero, ma è meglio che me ne stia zitto. Gli altri non fanno che scambiarsi i cellulari per vedere le foto delle vacanze: una bella bionda, due ragazze che ridono, un gruppetto di gente ubriaca fuori da un pub, un salto con lo snow, il cartello del comune di Amsterdam. Ognuno ha un suo resoconto da fare.

Il mio sta passando ora nel corridoio. Ma non lo posso far vedere a nessuno. Mi volto per non guardarla. Non ho voglia di parlarle, di salutarla, niente. Lei però entra in sala relax e saluta tutti. Ha un CD per ognuno, con i pezzi che sarebbero perfetti per ognuno di noi, visto che il serale è alle porte...

Prendo il mio. Leggo la playlist: *Non abbiam bisogno di parole / Sono fuori dal tunnel.*

Poi ci sono un sacco di pezzi in inglese. M'ero quasi dimenticato del nostro codice per comunicare.

Chiaro il messaggio, no?

Mi ha dato appuntamento nel tunnel. Mi alzo e mi avvio, tanto la campanella non è ancora suonata.

Faccio appena in tempo a vedere la porticina del tunnel che si chiude. Mi ci infilo dentro pure io. Lei si toglie il microfono e aspetta che io faccia lo stesso. Vorrà baciarmi? Chiudo quasi gli occhi in attesa che mi salti addosso, invece: «Intanto ciao. Non ti sei fatto vivo... perciò capisco quello che devo capire. Ti prego, però, tu *non* sei venuto da me, tu *non* hai fatto il bagno da me, tu *non* hai dormito da me. Giura che negherai tutto, qualsiasi cosa accada! Io negherò fino alla morte». Le trema la voce. A questo discorso deve averci pensato molto perché lo ha buttato fuori senza pause, come una preghiera detta a labbra strette.

«Intanto ciao» rispondo io. «Perché dovrei giurarlo?» Sta venendo fuori lo stronzo della Magliana. «Non dirò niente, questo è chiaro... Ma visto che qui quella che rischia di più sei tu, perché non me lo chiedi meglio?»

Non capisco perché mi comporto così, o forse lo so. Lo faccio perché sono una persona leale, io, e mi scoccia che lei non si fidi di me. E poi c'è che mi stressa questa donna debole che mi vedo davanti, così impaurita. Perché non ci ha pensato prima? Perché sta rovinando tutto con queste miserie da piccola donnina tutta casa e famiglia? Voglio dire, se hai paura degli animali non dovresti mai andare a fare un safari in Africa...

«Perché mi parli in questo modo?» Sta per crollare.

«Perché è vero che tu rischi di più.»

«Neanche Viola sarebbe felice di saperlo, no?, quindi ti prego...»

La interrompo, questo è troppo: «Se apri bocca con lei o ci tratti diversamente dal solito, io alzo la mano alla prima diretta e racconto tutto, capito?».

Esco dal tunnel.

Lei mi segue, vorrebbe parlare ma si deve soffiare il naso. Io mi giro verso di lei. La delusione e la rabbia svaniscono e, non so perché, le mando addirittura un bacio. Per rassicurarla forse. Ma a lei sembrerà certamente una presa per il culo.

Torno in sala relax che Luca già sta parlando ai miei compagni.

«Ciao Marcello, ben tornato. Tutto bene?»

«Sto benissimo, grazie.»

In effetti mi sento in una botte di ferro, almeno qui dentro. Stasera, però, quando dovrò fare i conti con Viola, forse sarò meno spavaldo.

Secondo giorno di lezione. Siamo riuniti tutti in sala relax a parlare ancora del serale, quando Luca viene chiamato fuori dalla sala con una certa urgenza da Francesca, una biondina della redazione molto carina.

Che cosa sarà successo? Ho quasi paura di farmi questa domanda. Dopo qualche minuto suona la campanella, tutti i miei compagni entrano nelle aule. Luca torna dentro e mi ferma prima che io vada a lezione.

«Marcello, tu no, per favore» mi dice prendendomi da parte. «C'è qui tuo padre. Vuole portarti via dalla scuola.»

Lo guardo per capire se sta scherzando. Perché dovrebbe farlo? Spero che non sia successo...

«Io di qui non me ne vado, Luca, è chiaro, ma lui dov'è?»

«In redazione. Sta parlando con il produttore. Tu aspettami qui in sala relax che poi ti dico» ed esce di nuovo.

Ecco, mia sorella ha fatto il danno, ci giurerei.

A un certo punto, sento urlare mio padre... sarà alla macchinetta del caffè: «Marce', vieni fuori, che ti porto a casa!».

Corro verso l'uscita: è proprio lui.

«Dove sono mamma e Anna? E tu che ci fai qui?»

Anna gli ha raccontato tutto, ne sono certo.

Luca mi prende per un braccio e invita mio padre ad abbassare il tono della voce. Ci fa accomodare nel camerino di Aldo Busi. Luca si chiude la porta dietro le spalle e inizia: «Allora, vogliamo affrontare la questione senza farci prendere da tutta 'sta agitazione?».

«Nun c'è niente da ragiona' signor Luca. Qui una professoressa, e non faccio nomi, ha approfittato del mio Marcello e questo non deve succedere: o lei mi spiega che non è successo oppure Marcello non resta qui un minuto di più.»

Luca accusa il colpo ma poi continua: «Invece, se fossi in lei i nomi io li farei, aiuterebbe anche noi a capire».

«Io non ho mai fatto la spia. Quella... dico quella... si farà avanti lei, quando non vedrà più Marcello.»

Guardo Luca e papà come se stessi assistendo a una partita di tennis. E io sono la pallina.

Luca cerca di chiarire, di fermare la rabbia di papà: «Lei mi capisce signor Maltoni, non sono in grado di dirle che non è successo perché davvero non so di che cosa stia parlando. Mi vuole spiegare per favore?».

A questo punto dovrei intervenire, dire qualcosa, ma sto zitto, mi prende un'indolenza, come se stessi vivendo in un sogno.

«Marcello ha dormito a casa di un'insegnante di questa scuola. Non mi interessa che cosa hanno fatto e nemmeno che lui è maggiorenne e può fare quello che vuole. Mia figlia mi ha raccontato che si scambiavano messaggi, che avevano una specie di storia nata in questa scuola, dove lui è venuto a studiare, dove sperava di trovare dei maestri e non delle...» si ferma, ma è chiaro quale termine vorrebbe usare.

Luca cambia tono ora: «Lei può fare quello che crede, sebbene pensi che sia anche nel nostro interesse capire se è successo quello che lei dice per poi prendere provvedimenti. Intanto le faccio preparare un caffè e torno subito».

Guardo papà, gli sorrido ma lui non mi risponde. È chiaro che ce l'ha pure con me. E dire che per un attimo avevo anche pensato che forse sarebbe stato orgoglioso della mia avventura con una donna tanto più grande. Dopo un minuto di silenzio tra noi Luca rientra nel camerino.

«Sa cosa ho pensato signor Maltoni? Questa storia riguarda la scuola e per dimostrarle che non abbiamo niente da nascondere ho fatto radunare i docenti in sala professori. Lei ora viene dentro la scuola e si mette il microfono. Così ne parliamo tutti alla luce del sole, con Marcello si intende.»

Papà vorrebbe dire di no, ma forse la piazzata che intendeva fare era proprio di questo tipo, perciò accetta: «Certo, mi dia pure il microfono. Quello che dico è vero e non ho problemi a dirlo davanti a tutti».

Ho già capito cosa succederà. Ad *Amici* accade spesso: i panni sporchi si lavano in famiglia, cioè la grande famiglia di qualche milione di spettatori che ogni giorno seguono la trasmissione. Ma ormai ci sono dentro. Cerco di capire se mi convenga dire qualcosa o stare zitto, se e cosa dovrei sperare, ma tutto è troppo veloce per me. Mi sento stanco, lento, come se viaggiassi a una velocità inferiore rispetto a chiunque altro.

In sala professori nessuno sa ancora nulla. Steve ride con Patrick e la Mari sta dando delle piccole carezze al suo cagnolino tascabile. La Celentano parla con Giovanna. Jurman con Grazia e la Scalise. Palma ha una chitarra in mano e suona un passaggio di un pezzo di Gigi D'Alessio. Mi salutano tutti, poi però hanno un sobbalzo quando vedono entrare mio padre dietro di me. Giovanna sbianca. Io mi costringo a non guardare dalla sua parte. Non voglio fare nulla che possa tradirci proprio ora.

«Vi ho chiesto di venire qui perché succede questo: il padre di Marcello vuole ritirarlo dalla scuola perché a suo dire, una di voi ha ospitato Marcello in casa propria e lo ha "circuito". È questo che sospetta signor Maltoni?»

«Non è un sospetto, Luca. Ne sono sicuro e non faccio nomi. Ma vorrei tanto che la signora che ha approfittato del mio Marcello si facesse avanti.»

La Celentano subito interviene: «Intanto sono più che certa che qui nessuno abbia mai approfittato del suo *piccolo*... E se anche fosse successo, perché si sente di decidere lei al posto di suo figlio?».

Mio padre resta zitto.

La Mari non riesce a trattenersi: «Io adoro Marcello,

ma se lei chiama circuire quella lezione sulla disinibizione dove a un certo punto l'ho fatto sdraiare...».

«Non si tratta di questo Fioretta!» interviene Luca un po' scocciato. Poi continua: «Io ho la massima fiducia in ognuna di voi, ma quello che dice il padre di Marcello è grave, per cui spero che chi si sente in minima parte responsabile di quello che è successo, si faccia avanti...».

Tutti si guardano l'un l'altro. Ognuno starà pensando a ipotesi da pettegoli.

"La Celentano ha parlato per prima... Forse è lei."

"Guarda Grazia com'è nervosa, lo dicevo io..."

"Anche la Scalise mi sembra agitata..."

"La Gioia è troppo giovane per questo lavoro coi ragazzi, ha ancora troppe voglie da togliersi..."

"Maura non mi ha mai convinto..." e così via.

I professori maschi si staranno sicuramente godendo la situazione.

Non si muove una foglia. Luca chiede per una seconda volta se qualcuno ha qualcosa da dire. Adesso nessuno dirà più niente, è chiaro.

«Signor Maltoni, suo figlio può lasciare quando vuole la scuola, ma io non sono un poliziotto e siccome si tratta di persone maggiorenni e ritengo consenzienti, non credo che si possa parlare di reato. Se invece si riferisce al nostro regolamento, be', quel che è chiaro al momento è che Marcello lo ha infranto. Stabilito una volta per tutte quello che è successo, forse saremo noi a chiedergli di uscire dalla scuola. Le assicuro comunque che andremo a fondo di questa faccenda. La ringrazio...»

Luca fa un gesto per invitare papà fuori dalla sala, lo segue all'esterno e, mentre sto uscendo anch'io, rimette la testa dentro e si rivolge agli insegnanti: «Noi ci rivediamo dopo le lezioni» e si guarda attorno per valutare le reazioni di tutte le indiziate.

Luca mi spiega che posso tornare al residence con mio padre per chiarirmi con lui e poi mi saluta. Gli altri ragazzi non li vedo.

Mi fa quasi ridere andarmene via così, a bordo di una macchina della produzione, con mio padre al fianco. Forse *Amici* per me finisce oggi.

29
L'inizio della fine

Mi arriva un SMS *dalla Celentano.*

> *Dove 6?*

> *Sto arrivando.*

Oltrepasso la sbarra per accedere a Cinecittà. C'è un'aria strana, rarefatta e ho il presagio che stia per succedere qualcosa. Davanti allo studio di Uomini e Donne *mi viene incontro una ragazza della redazione. Apre la portiera del passeggero per parlarmi. Mi dice che è da almeno un'ora che mi cerca. Le rispondo che sono stata dal dentista e ho acceso il cellulare da poco.*

«Perché, che cosa sta succedendo?» le chiedo.

Ho i brividi, il presagio sta diventando realtà.

«So solo che Luca ha convocato tutti i prof in sala professori. Credo siano già arrivati tutti. Ti conviene sbrigarti.»

Parto senza nemmeno preoccuparmi di chiudere la portiera, faccio una curva brusca e la borsa vola fuori. Tiro il freno a mano, scendo e raccolgo tutte le cose sparse.

Sì, sono sicura, il destino non sbaglia mai, troppe coincidenze. Il cuore vuole schizzare fuori, la salivazione è azzerata.

Vado al parcheggio, ci sono più macchine del solito. C'è anche quella di Vessicchio che solitamente, durante la settimana, non c'è. Se è presente pure lui alla riunione significa che è successo veramente un casino. Luca poi difficilmente riunisce tutti i prof se non per parlare di questioni serie.

«Giovanna dov'eri?» la voce di Alessandra mi chiama dall'interno della scuola.

«Ma che cosa succede, Alessandra? Non dirmi che...» le dico quasi implorante.

«Non so nulla, Giovanna. Luca ci ha convocati tutti. Magari non è nulla... Tu comunque cerca di stare tranquilla, ok?»

Stare tranquilla! È una parola... Sento che sta per succedere il peggio. E penso a mio figlio, ai miei genitori, al macellaio sotto casa, alla portinaia del mio palazzo, a Vessicchio che mi ha voluto qui, a Maria, a Luca e a Chicco, alla mia carriera.

Quando entro in sala professori, tutto sembra tranquillo. Forse ha ragione Alessandra. Devo cercare di calmarmi. Mi siedo.

Entra Luca insieme a Marcello.

Mi si gela il sangue.

Io e lui non ci guardiamo nemmeno negli occhi.

La Celentano da sotto il tavolo mi appoggia una mano sulla coscia.

Dietro Marcello compare suo padre. Non hanno nulla in comune, quei due. Anzi, non sembrano nemmeno padre e figlio. Il padre è rozzo, primitivo, tarchiato e con occhi spenti e acquosi.

Da quel momento è come se qualcuno avesse abbassato l'audio: non sento più nulla, tutto si muove al rallentatore. Vedo Luca in piedi che gesticola, che si rivolge prima a noi professori, poi al padre di Marcello.

La Celentano interviene, visibilmente adirata.

Il padre di Marcello ha gli occhi fuori dalle orbite, una vena sul collo gli pulsa e sembra voler schizzare fuori.

Marcello ha la testa bassa e ogni tanto annuisce, ma non capisco perché.

Mi sforzo di sembrare normale, di fare una faccia attenta, ma non ci sto capendo nulla, non sento nulla, avverto solo che le mie gambe sono come di legno, pesanti. Di tanto in tanto intercetto delle parole, ma non riesco a legarle insieme per dare un significato al tutto.

"Circuire", "polizia", "regolamento", "si faccia avanti il responsabile", "andremo a fondo".

Poi, a un certo punto, Marcello e suo padre escono dalla sala.

Ora c'è veramente silenzio.

Ognuno evita lo sguardo dell'altro.

È Grazia a interrompere il silenzio: «Ma siamo sicuri che sia vero? E che non sia solo una fandonia?».

«Per ora abbiamo solo la versione del padre che è arrivato come una furia, pieno di minacce per tutti, per noi, per la scuola, per il programma» continua Gabriella.

«Eh sì, come minimo ha odorato profumo di scandalo e quindi di business» aggiunge Jurman.

«Vedrai che questa cosa rimbalzerà in tutti i programmi televisivi e su tutti i giornali. Marcello e suo padre si faranno un sacco di soldi alle nostre spalle sputtanando il nostro lavoro» continua Palma.

Sto per alzarmi dalla sedia. Sento che è il momento di confessare tutto e assumermi le mie responsabilità, ma la voce di Maura mi precede.

«Almeno speriamo che questa cosa sia un'idiozia, voglio dire, che non sia successa veramente. Attenzione, non sto puntando il dito contro nessuno, ma se c'è stato qualcosa di particolare, forse, prima che la faccenda si ingrandisca a dismisura, dovremmo parlarne tra di noi. Anche gli

anni scorsi ci sono stati casi simili e si sono risolti andando a fondo alla questione: se non ricordo male si sono sempre rivelati pettegolezzi cazzuti da parte nostra o da parte dei ragazzi stessi, no?»

Osservo i miei colleghi. Sono tutti piuttosto scossi da quello che è successo, ma nessuno di loro sembra sospettare seriamente di me. Noto invece che i loro sguardi si posano con insistenza su Alessandra.

Sciolta la riunione, Ale mi propone di andare a prendere un caffè. La seguo in corridoio, aspettiamo in silenzio che la macchinetta faccia il suo lavoro e poi usciamo in cortile.

Lei mi mette un braccio intorno alle spalle e con voce calma e serena mi dice: «Mi dispiace Giovanna... ma purtroppo prima o poi la verità verrà a galla, è inevitabile. Sappi che io comunque ti starò vicino e per quel che potrò ti darò una mano». Poi rientra nella scuola.

Io no. Ho bisogno di prendere ancora un po' d'aria.

«Non lo mandano fuori, vero?» Davanti a me si materializza Katia. «Marcello non c'entra un cazzo. È colpa di quella stronza... dimmi che è così!!!»

«Katia non so di cosa tu stia parlando...»

«Ma come, non lo sa? Suo padre è venuto qui e se lo è portato via. Sembra che una prof abbia fatto roba con lui. A parte che non ci credo e poi, scusa, Marcello è maggiorenne, 'ndo sta il problema? Sì, è vero, ha infranto una regola, ma pure lei lo ha fatto no?»

«Lei *chi Katia?»*

«La Celentano, no? È chiaro che è lei la prof di cui parla il padre di Marcello. All'inizio nun lo poteva vede', mo' da un po' di tempo non fa altro che dire quanto è bello Marcello, quanto è sveglio Marcello. Mo' ho capito come mai...»

Il viottolo davanti a me si è aperto: una crepa nell'asfalto è diventata una voragine e un vento gelido mi sta spingendo là sotto, al buio.

30
Caccia alla strega

Quello che tutti sanno e che ha scatenato il casino è questo: una professoressa ha avuto rapporti extrascolastici con me. Io, finché non si chiarisce la questione, non posso più mettere piede nella scuola, anche perché mio padre me lo impedirebbe. Però continuo a stare al residence insieme agli altri compagni.

Nella puntata mandata in onda oggi ho visto il momento in cui papà mi ha portato via dalla scuola. Dalle immagini mostrate, sembra che qui tutti vogliano fare chiarezza senza però creare drammi. Almeno, questo è quanto viene trasmesso... immagino però che nella casetta della redazione sarà successo il finimondo.

Negli anni scorsi s'è verificata una storia di SMS bollenti tra un maestro e un'allieva, ce l'aveva raccontato anche Luca. A pensarci bene, per un bel po' di tempo quel maestro non ha più fatto lezione... fino a qualche tempo fa se ne parlava ancora.

La mia però è una situazione ancora più grave. Sui blog si leggono notizie di ogni tipo. Si racconta di presunti riti satanici che si consumerebbero nel residence, di sacrifici di essere umani compiuti sul pullman. Da Internet è partita una vera e propria caccia alla strega, ma anche al residence non si scherza.

Viola non mi parla più. Non mi guarda nemmeno in faccia a dire il vero. Ha persino cambiato numero di telefono. Il vecchio risulta inesistente. Vorrei dirle quello che è successo davvero, anche perché credo che poi non ne avrò più la possibilità, ma non me la sento di tornare di nuovo sull'argomento.

Durante la notte, poi, accade una cosa assurda. Katia e Sonia passano come furie in corridoio.

«È qui sotto, correte!»

Mi fiondo pure io alla finestra che dà sulla strada e l'unica cosa che vedo passare è una Hyundai.

«... è quella della Celentano, lei ha una station wagon carta da zucchero proprio come quella» gridano ancora le due.

Poi entrano nella mia stanza e mi trovano alla finestra. Viola non è con loro. Katia mi si scaglia contro: «Quella è proprio cotta di te ma tu, tu che cosa ci trovi in una donna come lei? Ecco come siete voi uomini: quando una donna coincide con il vostro interesse, non vi fermate davanti a niente. E adesso guardatevi, a mandarvi i bacini dalla finestra... Giulietta e Romeo, solo che Giulietta potrebbe essere la mamma di Romeo. Mi fate schifo».

Vorrei fermarla, dirle che si sbaglia. Ma, in fondo, dal momento che non è la Celentano la donna con cui ho fatto la cazzata, il discorso non mi tocca più di tanto. Invece penso a Giovanna, alla fatica che farà a addormentarsi in questi giorni. Con un uomo, io, che nemmeno la chiama per tranquillizzarla. Se penso che l'ultima cosa che le ho detto è che chi ha da perdere in questa storia è soltanto lei... mi sento una vera merda.

Mi sento come la volta che mio padre mi ha riempito di schiaffi dopo la mia prima carica allo stadio. Stavo con un tizio che chiamavamo tutti "Bambino", una montagna di ciccia soprannominato così per il suo cervello poco sviluppato. Se anche avesse studiato, non avrebbe fatto molti progressi. Io e lui avevamo sprangato un ragazzino per rubargli la sciarpa. Papà mi aveva riconosciuto nelle foto pubblicate sul "Corriere dello Sport" e mi aveva ribaltato come un tappeto sporco. E io ero stato fermo a prendere i suoi schiaffi. Sia per il rispetto che avevo per papà sia perché ero convinto di meritarli tutti. In quel momento mi sono sentito brutto dentro. Sì, brutto è la parola giusta. Da quel giorno sono passati otto anni, e io non ho più dato uno schiaffo a nessuno, nemmeno ai miei compagni svenuti durante le lezioni di hip hop che facevo a Testaccio.

Adesso mi sento come quel giorno là, vorrei che qualcuno sapesse la verità e avesse il coraggio di dirmi tutto in faccia. Con Katia, invece, mi basta chiudere la porta della stanza per lasciarla fuori...

Dopo qualche minuto, alcuni compagni maschi piombano nella mia camera. «Ma a letto com'è?» è la domanda più carina che sento.

Sandro mi prende da parte e mi porta alla finestra: «Guarda che ti mandano via, se non dici che ti ha fatto bere e che ti ha seguito con la macchina. Anche perché tu lo sapevi che non potevi cercarla, chiunque sia...».

Io ragiono e sto zitto.

Flavio mi dice che secondo lui prima di tutto devo confessare: «Se dici chi è magari tutto si sgonfia e mandano via solo lei...».

«Bravo scemo, se confessa è fuori. Per me deve negare sino alla fine di avere avuto rapporti con una professoressa fuori di qui. Mica ha ucciso nessuno dopotutto...» interviene Paco.

«Sì, ma se poi al serale lui viene salvato dalla commissione giusto per un voto e ad andare a casa sei tu?

Che fai, non ti incazzi?» ribatte Sandro. Ha ben chiaro che questa è una gara in fondo.

Fuori dalla mia stanza ci sono le ragazze, tutte attorno a Viola. Elisa sostiene che il problema non esiste: siamo adulti e se ci va di bere qualcosa con un insegnante non dobbiamo preoccuparci, al limite uno lascia la scuola.

A un certo punto sento sbottare Viola: «Smettetela tutte, io sto con Marcello e lui fa il cretino con una prof, questo mi interessa! Possibile che non lo capisca nessuno che quella che soffre sono io?». E comincia a dare calci al muro della mia stanza, a picchiare i pugni sulla mia porta: «Sono io! Sono io quella che ama un bastardo!». Urla, tira pugni alla porta, per poi smettere piano piano, perché perde la voce, credo, e poi anche la voglia di spiegare.

Se fossimo in un film tutti sparirebbero, fuori di qui resterebbe solo Viola, in lacrime, spalle al muro, seduta sulla moquette del corridoio. Io uscirei dalla mia camera e le direi qualcosa in grado di tirarmi fuori dai guai. Finirebbe tutto con una canzone e un ballo, come in un musical. Invece sia io sia lei siamo bloccati qui, nella nostra realtà. In mezzo a gente che parla di noi quasi non fossimo nemmeno presenti.

«Adesso vedrai che caccia alla strega!» dice Paco.

«Si sa che è la Celentano, ragazzi. Da qualche tempo è l'unica che difende Marcello, anche se non le piace come ballerino! Di sicuro non è la Gioia, quella voleva addirittura mandarlo via» si inserisce Sandro.

«E Maura? Non ditemi che voi, potendo, non vorreste...» inizia a dire Gianni. Poi si ferma. Ha sempre avuto un debole per l'insegnante di hip hop.

«Be'... magari si tratta della Di Michele o della Scalise, perché no!» risponde Paco.

Questa è pura follia.
Mi affaccio sul corridoio, vorrei incontrare gli occhi di Viola.
Per la prima volta sento Barbara esprimersi sulla faccenda: «Se ancora oggi si credesse all'esistenza delle streghe, be' per la gente quelle sarebbero le donne in gamba, quelle che se la cavano, che prendono il proprio destino tra le mani e gli danno la forma che vogliono... non quello deciso da un padre o da un marito che le sposa quando credono ancora al principe azzurro. Le streghe le bruciavano perché facevano paura agli uomini rimbambiti dalla superstizione. Oggi come allora, una donna che decide di prendersi quello che le piace deve essere bruciata sul rogo. E se continuiamo ancora a fare le moraliste, prima o poi succederà anche a noi. Pure a te, e a te...» e indica tutte.
«Viola dovrebbe semplicemente fare quello che farebbe ognuna di noi con una che gli frega l'uomo» interviene Katia. «Andare da lei e dirle quello che pensa!»
Barbara annuisce.
Viola però non sembra intenzionata a dare loro retta.
Se ne sta in silenzio, quasi in disparte. Il che è strano, non è da lei...
Vorrei sapere cosa le sta passando per la testa.
È l'unica della classe a non avere ancora espresso giudizi sulla Celentano, la mia presunta amante.
Richiudo la porta.
Dopotutto mi spiace che ci vada di mezzo proprio la Celentano.
I giornali la faranno nera in due secondi: è un bersaglio troppo facile.
I ragazzi parlano di altro ormai, di quante prove ci sono al serale e di come saranno le squadre.
Io sto zitto e penso che dovrei dire tutto, perché così

Viola avrebbe un'altra persona da odiare oltre a me e soprattutto nessuna innocente ci andrebbe di mezzo.

Mi sento impotente e in gabbia in questa situazione. Pensare che sta succedendo tutto 'sto casino solo perché ho fatto un bagno con Giovanna... Che palle.

31
La strega perfetta

È proprio come nei gialli. Sembra di poter capire subito chi potrebbe essere l'assassino, ma se ne hai letto anche solo un paio, sai benissimo che il colpevole non è mai quello che hai pensato all'inizio. La stessa cosa sta capitando ora ad *Amici*. La Celentano è perfetta per il ruolo della strega. Il suo passato di maestra dura e inflessibile viene buttato di colpo nel fango da un amore impossibile. Ma volete mettere il gusto di vedere una come lei, tutta d'un pezzo, sbriciolarsi lentamente?

Nessuno si è fatto avanti dopo la riunione dei professori, ma per tutti il mostro ha un volto. A scuola non ci sono dubbi sul fatto che sia Alessandra. Visti i precedenti tra me e Giovanna mi sembra quasi assurdo che nessuno abbia pensato a lei. Eppure è così. Probabilmente il suo voto contro di me di qualche tempo fa l'ha resa insospettabile. I blog ci sono cascati tutti.

Io oggi ho deciso di affrontare mio padre. È giusto che questa situazione la gestisca da solo, perciò gli ho chiesto di mollare il colpo.

«Papà, hai fatto la tua piazzata, mi hai difeso – magari sei stato un pochino pompato da Anna –, ma non hai mai pensato che potrei essermi inventato tutto solo per avere una posizione migliore in classifica?»

Lui, che a queste cose non pensa mai, mi ha guardato strano. Ha passato tre ore da solo. Una lunga telefonata con Anna e mamma. Poi ha deciso: «Io me ne vado a casa. Secondo me tu non hai raccontato palle e in questa scuola c'è sul serio una stronza. Ma ha trovato pane per i suoi denti. Anche tu non scherzi a stronzaggine, vero Marce'? Io adesso vado da Luca e gli dico che resti nella scuola e che mi sono convinto del fatto che i professori sono tutti innocenti, ma tu devi saperlo: non ci credo affatto. Da questo momento fai quello che ti pare, ma Marce'...» e fa una pausa lunga, come se si dovesse preparare a dirmi che mi escluderà dall'eredità. Mentre penso alle forbici e ai rasoi, a tutto quel ben di Dio che non erediterò, lui aggiunge: «Da adesso in poi se smetto di fare il papà rompicoglioni, anche tu smetti di fare il figlio rompicoglioni, e tutti i tuoi problemi, grandi e piccoli, te li sbrighi da solo». Una logica parecchio stringente, non c'è che dire.

È un sollievo oggi vedere in televisione mio padre mentre dice a Luca che forse ha esagerato, che si fida della scuola e che forse suo figlio si è comportato come Rugantino, vantandosi troppo di un'amicizia e di qualche SMS, che tra l'altro nessuno ha mai visto.

Risultato? Io rientro in gioco da adesso. E ci resto, se va tutto bene, sino alla finale, a patto che Giovanna non confessi niente e che io non sbagli più una mossa.

E la Celentano? La strega di Biancaneve, come la chiama Garrison? A vederla girare per la scuola non sembra affatto che perda i pezzi.

In realtà tutti siamo in attesa della diretta di domenica. Sarà una puntata esplosiva, primo perché questa storia non potrà essere ignorata e, soprattutto, perché niente di quello che verrà detto potrà essere tagliato da nessun autore. Se Giovanna ha deciso di farsi avanti, è lì che accadrà.

Sono immerso nei miei pensieri, quando Gabriele mi batte una mano sulla spalla.

«La classifica non viene letta da una decina di giorni e scommetto che tu con questa storia avrai avuto una bella spinta. Non è che ti sei inventato tutto?»

Non gli rispondo nemmeno. Ormai lo conosco bene, so quando vuole ferire. Questo è uno di quei momenti.

«Ti dico solo una cosa: se al serale io non ci arrivo per colpa tua, dico che ho passato le vacanze di Natale con Vessicchio...»

«Brrr, che paura!» gli rispondo a brutto muso.

Dopotutto, però, lui è l'unico ad avere il coraggio di dire quello che tutti pensano. Che la visibilità derivata da questo scandalo per me potrebbe essere un toccasana. Lo sarebbe di certo, se avessi il pelo sullo stomaco di cavalcare la faccenda. Il fatto è che ci andrebbero di mezzo una donna che, nonostante tutto, mi piace, la sua famiglia e Viola, che avrebbe così la prova definitiva che l'ho tradita.

Sandro ha paura di non arrivarci al serale. Gli hanno negato la maglietta e si è incattivito. Anche lui pensa che invece io ci arriverò di sicuro.

«Niente male per il pubblico mandare in finale il ragazzo che si è portato a letto l'incorruttibile Celentano...» mi dice oggi a denti stretti in sala relax.

Mi giro e lo fulmino.

«Perché non ci hai pensato tu, allora, visto che faresti di tutto per arrivare alla finale?» gli risponde Gianni.

È sempre così tranquillo, Gianni, mi stupisce questa

sua reazione. Lo guardo per capire se ha voluto veramente difendermi. Sembra di sì.

Entra Luca per aggiornarci.

«La classifica che determina l'ingresso in finale è chiusa e non verrà resa nota fino allo speciale di questa domenica con Maria, ma oggi se volete avrete la possibilità di vedere almeno le prime sei posizioni, i nomi dei primi sei finalisti!»

Ci lascia discutere sulla proposta.

Katia vuole sapere a tutti i costi: «Meglio scoprire subito se il sogno diventa realtà».

«Eh già, ma che ti cambia vedere chi ci va se tu non sei tra loro? Io, piuttosto, vorrei vedere i nomi di chi non è passato, guarda un po'...» dice invece Sonia.

Paco è l'ultimo a esprimersi: «Tra un po' partono le audizioni per una cosa grossa a Londra e prima capisco se passo al serale meglio è. Hai presente il regista di *Chicago*, il musical con Richard Gere e Catherine Zeta-Jones? Cerca ballerini per un film ispirato a *8 ½* di Fellini».

L'unico contrario sono io. Sapere adesso che sono passato al serale e poi magari doverci rinunciare perché Giovanna confessa quello che è successo tra noi, sarebbe un dolore troppo grande.

Da quando la trasmissione ha avuto inizio, fin da quando si chiamava *Saranno famosi* e Chicco aveva ancora i capelli, ho contato i giorni che mi separavano dai diciotto anni. Ho partecipato alle selezioni di ben tre edizioni. La mia vita avrà il freno a mano tirato finché non riuscirò ad arrivare alla finale di *Amici*. Non sopporterei di vedere il mio sogno naufragare in una Jacuzzi piena di bollicine.

«Mi pare che la maggioranza abbia deciso di vedere, giusto?» conclude Luca.

Eccoci quindi tutti in studio per scoprire chi sono i fantastici sei.

«Numero uno. Nome... Paco... da ultimo a primo» annuncia Luca.

Numero due Katia... lei era penultima.

Buono a sapersi, la gente ha deciso di votare in modo diverso dal solito; forse io, che negli ultimi tempi ero alto in classifica, dopo lo scandalo sono crollato. Infatti al terzo posto c'è... Gabriele.

Se lo merita. Sono contento che sia passato. Almeno smetterà di spiare le mie mosse come se fossi un delinquente. È proprio convinto che io mi sia inventato questo incrocio fra *Amici* e *Desperate Housewives* solo per andare al serale.

Gianni è quarto. Bene. Sono contento. È uno che potrebbe essere mio amico fuori di qui. È uno pulito, mi piace. Spero che lui pensi lo stesso di me, perché io mi sento così. Non ruberei niente a nessuno se adesso Luca annunciasse che al quinto posto ci sono io.

«Quinto posto. Nome... Marcello!»

Faccio come i calciatori quando segnano contro la propria ex squadra. Non esulto, ma mi sento bollire le orecchie dall'emozione. Stringo forte i pugni e voltandomi verso Viola le dico piano: «Voglio te con me!».

Sesto posto. Massimo si alza battendo i pugni sul banco per la gioia.

Torniamo tutti in sala relax. Noi sei siamo come cigni, gli altri si sentono brutti anatroccoli sempre più brutti e impauriti.

Sandro mi guarda scuro in volto e dice davanti a tutti: «Se non vado al serale per colpa della tua stronzata, spiffero tutto...».

«Ma che cazzo dici?» gli rispondo al volo.

«Che l'altra sera sotto al residence c'era la macchina della Celentano, e se permetti dopo quello che ha detto tuo padre è una cosa che fa nascere qualche sospetto, no?»

Domani tutto questo andrà in onda, vogliamo scommettere?

32

Vergognati!

Tutti e dovunque ne parlano. Per strada ogni tre metri mi fermano e mi chiedono del giallo di Amici. *Vogliono sapere se è proprio vero che la Celentano si è approfittata di quel ragazzino.*

Le edicole straripano di giornaletti sempre a caccia di scandali, o presunti tali, con sopra la faccia della Celentano accompagnata quasi sempre da una scritta che dice: COLPEVOLE? *Ne parlano i programmi televisivi, ne parlano le radio. Vengono messe in piedi ricostruzioni stupide e assurde, estrapolando spezzoni del programma in cui la Celentano è con Marcello da sola in aula. Magari quelli in cui lei gli si avvicina per correggergli la postura. Ecco a quel punto zoomate sulla mano della Celentano appoggiata agli addominali di Marcello, accompagnate da una musica soft. Poi montano uno di seguito all'altro gli sguardi di lui e di lei e il gioco è fatto. Oppure fanno vedere Alessandra che gli dice: «Ti puoi spogliare per favore?», richiesta che nel contesto originario non si può fraintendere, ma estrapolata e isolata assume tutt'altro significato. Se non conoscessi la verità ci potrei cadere anch'io.*

Escono interviste di ex allievi di Amici, *che pur di rivivere un momento di gloria, sentenziano contro la povera in-*

segnante. Uno addirittura afferma che ha sempre pensato che a lei piacessero i ragazzini. D'altronde lei stessa non ha mai fatto mistero che trovava molto belli due ballerini delle precedenti edizioni, Cristo Martinez e Francesco Mariottini e che, ironizzandoci sopra, non perdeva mai l'occasione di farli ballare seminudi, solo con i calzoncini.

Quello che mi sembra più assurdo è che persino le trasmissioni televisive di taglio giornalistico, che di solito si occupano esclusivamente di politica e crimini con tanto di plastici in studio, da una settimana a questa parte sono incentrate solo su questa storia.

E se nei programmi televisivi il tutto si consuma sul filo del gossip / cronaca rosa, su Internet la violenza e l'aggressione verbale nei confronti di Alessandra sono altissime. Parolacce, bugie, sentenze vengono distribuite come se fossero caramelle. Un fiume in piena di congetture: le conversazioni preferite dei blog, manco a dirlo, riguardano la Celentano e il ragazzino. Se su Google si digita il nome Alessandra Celentano escono più di cinquantamila documenti che non parlano certo della professionalità dell'insegnante, ma dello scandalo di Amici.

L'interesse è alle stelle, anche perché gli autori e la produzione hanno deciso di non rilasciare nessuna dichiarazione, nessuna intervista fino a che la verità non verrà a galla.

Io vivo nel terrore, non rispondo nemmeno più al telefono se il numero che compare sul display è anonimo.

La Celentano al contrario, anche in una situazione come questa, dimostra un aplomb invidiabile. Nulla la scalfisce. Nemmeno il fatto che ieri qualcuno nel parcheggio di Cinecittà abbia scritto sulla sua macchina con una bomboletta spray: VERGOGNATI!

Oggi la scritta sulla sua macchina c'è ancora. Alla domanda di tutti, sul perché non l'abbia tolta, la sua risposta è stata: «Non ne ho avuto il tempo».

Inutile dire che io mi sento una merda, che passo questi giorni chiusa nel camerino di Alessandra a piangere, consapevole che fra un po' la stessa sorte toccherà a me. Con una differenza: per me sarà come un tatuaggio indelebile che porterò per sempre sulla pelle.

33
La domenica della verità

La domenica della verità è arrivata.

Dopo l'episodio di qualche notte fa al residence, tutti sono convinti che "la mia prof" sia la Celentano. A nulla è valso spiegare che di macchine come la sua, brutte come la sua intendo, ce ne sono a migliaia a Roma.

Tra le voci dei miei compagni che parlottano in attesa di andare in studio per lo speciale domenicale, ne riconosco una: «Siete dei bastardi. State mettendo sul rogo una donna solo perché una macchina simile alla sua è passata sotto il residence nel momento sbagliato?».

La frase di Viola non significa certo che mi perdona, ma che perlomeno ha scelto di non schierarsi con tutte le altre ragazze. Questa coalizione di tristi e addolorate mi fa ridere. Sbavano per un complimento di Jurman, una addirittura si vanta di avere il suo cellulare, e poi sono prontissime a scagliarsi sulla Celentano. Ipocrisia allo stato puro.

La sigla di questa domenica mi sembra vuota. Ballo ma ho la testa da un'altra parte, o meglio a un altro momento: il giorno in cui ho salutato Viola prima delle vacanze natalizie. Cosa darei per tornare a quel momento e cambiare quello che ho combinato.

Se mi guardassi allo specchio ora, vedrei sempre la stessa persona, con gli stessi desideri e gli stessi sogni. Non ho barattato niente con niente. Ho vissuto quello che mi si è parato davanti. Senza voler ferire nessuno, credo. Ma non sono più quello di prima.

Il mio sogno è meno pulito.

Perché sono poco pulito io.

Ecco cosa dovrei fare adesso, prima che Maria dia la parola ad Alessandra: dovrei alzarmi e dire che me ne vado perché ho infranto una regola importante della scuola e perché non voglio che a farne le spese sia una professoressa innocente né tantomeno quella che tutti definirebbero "colpevole".

Invece resto seduto.

Perdo anche stavolta il momento.

Maria, in apertura di trasmissione, spiega in breve al pubblico l'accaduto e conclude invitando la commissione a pronunciarsi al riguardo.

Si alza Vessicchio. La Mari lo guarda come a dire: "Ma questo è impazzito?". È chiaro che la decisione di cui Vessicchio sta per parlare non è condivisa da tutti. Le decisioni più delicate le prendono solo Vessicchio, la Celentano (ma stavolta penso non sia stata interpellata), Garrison e Steve.

«Per tutelare il buon nome della scuola e anche quello dell'insegnante in questione, la commissione ha deciso di chiedere alla persona che si sente chiamata in causa di autosospendersi a partire da oggi.» Poi lancia uno sguardo ai suoi colleghi. Non so che cosa sperasse, ma difficilmente, credo, in una situazione come questa, a uno verrebbe di autodenunciarsi in diretta, davanti a un pubblico così numeroso. Vessicchio punta la Celentano, che però non fa una piega, poi Giovanna, che si guarda in giro come se la sua sedia bollisse.

Sento che Katia dice a Paola: «... la lungagnona mica se move...». Parla della Celentano naturalmente.

«Che hai detto, Katia?» interviene Maria. «A proposito, complimenti per essere arrivata al serale.»

«Dico che i professori ci spronano sempre ad avere il coraggio delle nostre azioni così come dei nostri sogni e adesso, proprio loro, che noi pensavamo infallibili e mitici, ci stanno dando prova di paura e ipocrisia...»

Giovanna fa un movimento con la sedia. Maria, che nota sempre tutto, non vede quel movimento, o forse fa finta di non notarlo. Io e i miei compagni però ce ne accorgiamo, perché con i piedi Giovanna urta una bottiglietta d'acqua che era sotto la cattedra e che inizia a rotolare sul palco. E non si ferma. La bottiglietta rotola come posseduta da un demonio di stronzio e anidride carbonica.

«Nessuno dice nulla?» incalza Maria.

La Celentano sembra una sfinge, un totem. La Gioia rimette un'altra bottiglia al posto della precedente.

«Marcello, tu hai qualcosa da dire?» mi chiede Maria.

«Sì. In questo studio c'è una sola persona con la quale ho una storia d'amore ed è seduta tra i nostri banchi, non dietro quella cattedra.»

Viola resta impassibile alle mie parole, ma sono certo che le serva sentirmelo dire.

Giovanna punta le mani sulla cattedra e fa per alzarsi.

Maria si volta come un golden retriever che ha appena visto una pernice.

Io fulmino Giovanna con gli occhi.

Il movimento della Gioia ha una solennità speciale, come un replay della testata di Zidane a Materazzi durante la finale dei Mondiali. Sento alcune telecamere sulla mia faccia e ne vedo altre spianate sulla Celentano. Per questo non si accorgono di Giovanna, che si alza piano piano. Ma colgono bene la mano della Celentano che si posa sull'avambraccio di Giovanna e tenta di farla sedere, in questo rallenti che dura da trenta secondi. Giovanna però se ne frega del braccio della Celentano e prosegue. Ora che è in piedi, perfettamente inquadrata, è pronta a parlare.

Ecco, adesso racconta tutto e la mia avventura ad *Amici* finisce qui. Mentalmente mi sono già tolto la maglia del serale.

«Visto che ce n'è bisogno» inizia Giovanna guardando la Celentano «e prima che qualcuno si permetta di rovinare una reputazione che non può essere messa in discussione, voglio dire pubblicamente che Alessandra Celentano non può essere considerata colpevole della violazione del regolamento che riguarda i rapporti con gli allievi...»

Fa un respiro lunghissimo.

Ecco, io da adesso sono senza maglia, senza futuro, senza sogni. Ed è proprio Giovanna a firmare la mia e la sua condanna.

«... la Celentano non può avere infranto il regolamento, perché...»

Maria guarda Luca: chissà se almeno lui capisce dove vuole arrivare la Gioia.

«... non è colpevole, perché, avendo casa sua in ristrutturazione ed essendo il suo bellissimo marito in America per affari, la ospito a casa mia da qualche tempo. E durante tutto il periodo trascorso in casa mia, vacanze di Natale comprese, la Celentano non ha baciato né circuito nessuno tranne... il mio gatto, che adesso è pazzo del *Lago dei cigni*. Ora, ogni volta che lo ascolto, salta su e giù dalla libreria!»

La gente ride, poi ragiona e capisce il senso delle sue affermazioni. La strega non era la strega.

Giovanna è un genio. Ecco perché mi piace.

Vessicchio ci prova nuovamente: «Allora se qualcuno sa qualcosa, per favore parli! Diamo una prova a questi ragazzi che si possono fidare di noi».

Non si muove una foglia.

Io rimango al serale, Giovanna è salva e la Celentano è scagionata.

Niente può fermarmi adesso.

Voglio vincere *Amici*.

E voglio Viola.

Giovanna mi è piaciuta. Ha scagionato la Celentano, non mi importa che per farlo abbia dovuto mentire. Si è comportata bene, abbastanza...

34
Sono una bugiarda

Non ce l'ho fatta. Ho avuto la possibilità di azzerare tutto, di ricominciare da capo ma non ne ho avuto il coraggio.

Da piccola, a scuola, avevo una compagna, Raffaella, una ragazzina per bene, ordinata e sempre ben vestita. Aveva gli zaini più belli, i pastelli più costosi e le sue merende non erano come le nostre – panini zuppi d'olio con gli avanzi della cena della sera prima –, ma brioche e leccornie che noialtri compagni vedevamo solo pubblicizzate alla TV.

Un giorno accadde una cosa durante la lezione di geografia. La maestra dava la schiena alla classe, perché intenta a disegnare alla lavagna i contorni del Lazio per poi chiedere a ognuno di noi, a turno, di inserirvi i nomi delle città.

Io e Raffaella eravamo nella prima fila di banchi, che erano attaccati alla cattedra. La maestra lasciava sempre la sua borsa su una sedia vicino a noi. Quel giorno era aperta e dai nostri banchi si vedeva benissimo il portafogli. Raffaella, senza battere ciglio, si sporse verso la borsa, prese il borsellino, lo aprì e tolse mille lire. Poi con estrema scioltezza e sotto i miei occhi stupefatti se li infilò nella tasca del grembiulino. Il giorno dopo fece la stessa cosa e poi il giorno dopo ancora.

Dopo qualche giorno, la maestra entrò in aula con uno

sguardo assassino e chiese se qualcuno di noi poteva dare una spiegazione a quello che era successo.

Nessuno fiatò.

Nessuno in effetti aveva visto, solo io sapevo.

La maestra disse che o saltava fuori il colpevole o avremmo pagato tutti.

Solo Raffaella a quel punto aveva avuto il coraggio di alzarsi e di dire: «Mi scusi signora maestra, io non so se qualcuno di noi le ha rubato dei soldi, ma so che la sua borsa è sempre aperta e forse, che ne so, in metropolitana o fuori da qui, qualcun altro l'ha fatto».

Per una settimana intera ci furono interrogazioni a tappeto e nessuno di noi ebbe il tempo, tornato a casa, di vedere i cartoni animati alla TV.

Raffaella ora è un avvocato di successo. Ogni tanto ci incontriamo e, ripensando a quell'episodio delle elementari, ci ridiamo sopra. Grazie a quella settimana intensa, poi, io sono diventata bravissima in geografia.

Tutto questo per dire che, quando Vessicchio in diretta ci ha esortato a dire la verità, se qualcuno la conosceva, io istintivamente avrei voluto vuotare il sacco, poi però la mano di Alessandra mi ha riportato alla mente quel ricordo delle elementari, quindi ho pensato che una piccola bugia forse avrebbe fatto passare la bufera fino a far cadere tutto nel dimenticatoio.

Perciò mi sono alzata a fatica e con voce ferma e serena ho dato un alibi alla Celentano, inventandomi la storia della ristrutturazione di casa sua.

Ho letto nello sguardo di tutti che la mia storia reggeva.

Ho scagionato la Celentano. Per l'Italia intera è tornata pulita.

Ho colto una scintilla di gioia negli occhi di Marcello.

Mi sono seduta e in un nanosecondo mi sono sentita sporca, corrotta. Solo due mesi fa, appena mi veniva data la pa-

rola in diretta, balbettavo, ora addirittura riuscivo a mentire spudoratamente.

Le cose cambiano, e la TV *trasforma.*

Finita la diretta Alessandra mi ha chiamato nel suo camerino. Una volta entrata, mi sono seduta sul solito divano beige. Lei fumava nervosamente.

«Giovanna, non ti riconosco più, la tua lucidità di poco fa mi ha fatto paura. Forse ti aspetti che ti ringrazi per avermi scagionato, ma ti sbagli. Io non avevo paura, me ne sono sempre fregata di essere considerata la strega che loro volevano, e lo sai perché? Perché io non ho niente da nascondere, perché alla sera vado a letto tranquilla e la mattina, quando mi sveglio, mi guardo allo specchio fiera di quello che sono. L'onestà e la verità sono le uniche cose che contano per me. E per questo motivo non posso avere paura di niente. Come fai tu invece a mentire, soprattutto a te stessa, come fai a diventare complice di un ragazzino che potrebbe vuotare il sacco in qualsiasi momento? E se dovesse farlo, tu sì che saresti rovinata per sempre. Sai cosa ti dico? Ora sei veramente nella merda. Ti sei messa in un guaio da cui difficilmente potrai uscire. Le parole che hai detto le hai pronunciate in TV*, in diretta, davanti a più di cinque milioni di persone. Pensaci, Giovanna, hai fatto una stronzata. Ribadisco: ti fidi troppo di un ragazzino a cui ora hai dato in mano un'arma potentissima che, chissà, potrebbe usare contro di te pur di vincere in questo programma. Ricordati che se per te questo è un lavoro, per lui e gli altri è un sogno. E per realizzare i sogni a volte non si guarda in faccia nessuno.»*

35
Quando sarai pronta...

Tutto sembra finalmente più tranquillo a scuola. La spiegazione di Giovanna ha scagionato la Celentano e per magia, come se discolpata la strega venisse meno il delitto e quindi anche il rogo, nessuno parla più di quello che è accaduto.

Forse è arrivato il momento di affrontare di nuovo la mia faccia allo specchio. Il mio naso, che finora ha ricevuto un solo pugno, ma abbastanza forte da piegarlo un pochino a destra, è sempre molto fiero. I miei occhi non smettono di sorridere, ogni tanto brillano per la felicità di essere al mondo, di essere vivo. I miei capelli continuano a nutrirsi di gel e creme, e visti davanti assomigliano al tetto di un capanno degli attrezzi. La cosa grave è che non posso fissare le mie pupille, e guardarmi diritto negli occhi. Non ci riesco, anche se mi piacerebbe da morire poterlo fare, perché alle pupille non posso mentire.

Mi dispiace per come ho trattato Giovanna, la Celentano e soprattutto Viola. Non faccio che mentire a tutti. Non posso più considerarmi una faccia "da impunito", senza niente da temere, uno con la coscienza a posto.

Mi ricordo una volta, ci avevano appena rubato la Mondeo. Papà era al telefono con i carabinieri per denunciare il furto, mentre io mi impegnavo come un matto a mandare maledizioni a chi ci aveva fottuto l'unica macchina che avessimo. Mamma piangeva. Insomma, un momento difficile.

A un certo punto ho detto a mio padre: «Papà, questo è un grande dolore per te, vero?».

La sua risposta mi ha sorpreso: «Hai fatto del male a qualcuno? E io? Ho forse qualcosa sulla coscienza? E mamma è per caso una di quelle cretine coi colpi di sole capaci solo di parlare della cellulite delle vicine di coda al supermarket? No, non siamo questo genere di persone. Per non parlare di Anna, che è arrivata seconda ai Mondiali di catechismo su pista...».

Abbiamo riso a quella battuta, ma io guardavo mio padre come si guarda un cretino che finge di non prendersela. Aspettavo la battuta vera, la bestemmia, la parolaccia che mi avrebbe fatto capire quanto gli dispiacesse quel che era successo.

Invece niente, ha ripetuto: «Il vero dolore lo provi quando fai del male a qualcuno, quello fa soffrire. Noi invece siamo onesti e puliti. Il vero dolore lo proverà quel disgraziato che ci ha fregato la Mondeo. Che ti credi, minimo, con tutte le maledizioni che gli abbiamo tirato, starà seduto per i prossimi tre mesi con la scioltarella a raffica».

Vorrei avere lo stesso spirito libero di papà, adesso. Invece tradisco Viola con la sua insegnante.

Giovanna.

Oggi l'ho vista.

Mi si avvicina quasi con aria da 007. Lei finge di guardare dentro la classe di danza, alle mie spalle, e io lo schermo con l'orario.

Mi dice: «Ti sto perdendo lo so. E non posso. Ci hai pensato a cosa farai dopo *Amici*? Io quella proposta della tournée in America mica l'ho fatta per ridere...».

Io resto come imbambolato.

«Penso che non sia più il caso, sai? Ci ho riflettuto e...»

Mi interrompe: «E chiudiamo tutto così, senza neanche sapere se quello che c'è stato c'è ancora?».

Abbasso lo sguardo e attraverso il vetro vedo Viola, seduta su un divanetto nella sala relax che parla con Valentina. Giovanna non la può vedere ma io sì. E meno male. Perché così riesco a trovare la forza per dire quello che devo, anche se non mi escono le parole che vorrei.

«Non riesco, non è come speravo. Però non voglio che tu soffra.»

Lei si gira verso di me, stizzita.

«Capito, capito, basta così.»

Ci separiamo, io vado verso la sala recitazione, lei passa davanti alle finestrone della sala relax in lacrime.

Non volevo farla soffrire...

Valentina la vede, esce dalla saletta e mi rincorre: «Marcello, la Gioia piangeva... ma che cosa le hai detto?».

Resto con il cecio in bocca per un istante poi: «È morto un cantante che conosceva bene, ma non credevo che parlandone sarebbe crollata...».

Valentina era in sala relax con Viola. In un attimo realizzo. Seguo Valentina e mi ritrovo davanti a Viola. Devo sapere se ha capito qualcosa, devo guardarla negli occhi un attimo.

«Non mi piace quello che sei diventato, Marcello. La cosa più bella che hai fatto per me ultimamente è stata far piangere la Gioia. È un po' poco non trovi?»

mi dice lei. «Che poi chissà che le hai detto per farla piangere a quel modo!»

Ecco fatto. Viola sa tutto, ne sono certo. Ha capito che il "mostro" non è la Celentano. Forse ora ha avuto la conferma di qualcosa che ha sempre saputo. Quello che ancora non sa è che io sto lentamente smettendo di mentire a tutti. A iniziare da Giovanna.

Esco dalla sala, sto per andare negli spogliatoi quando mi imbatto in Gianni: «Uè, Marcello, stasera usciamo con le ragazze, beviamo cinque-sei birre e poi torniamo. Vieni?».

«Se c'è anche Viola ci vengo correndo sulle mani...»

«Allora vieni, ma fingi sorpresa quando la vedi, ok?» Ho sempre detto che questo ragazzo che scrive canzoni stupende è un grande.

Ponte Milvio è diventato una specie di isola pedonale per single in cerca di compagno. Ti capita di incontrare drappelli di ragazze stupende che ti fanno il terzo grado mentre passi sul marciapiede. Hanno uno scanner per individuare subito chi è abbastanza figo. In pratica se la ragazza più carina del gruppo dice guardandoti: «Però quello non è male...» vuol dire che sei figo e allora scattano tutte le sue amiche e diventi la loro preda. Dovrebbero fare un monumento a quello che si è inventato la storia dei lucchetti. Grazie a lui di innamorati qui sul ponte ormai ne vengono pochi ma per trovare belle ragazze è il posto ideale.

Io però stasera non sono in forma. Mi sento più un cane che annusa una traccia. Da quando abbiamo legato la moto di Gianni non ho mai alzato lo sguardo. Sono tante le facce che mi guardano, lo avverto chiaramente. Non avevo realizzato fino a questo momento che per tutti io resto quello che si è fatto la Celentano.

La gente mica segue tutte le puntate di *Amici*. Magari ha beccato solo quella in cui si è fatto il nome della Celentano e non lo speciale in cui la Gioia ha smentito tutto. La verità resta quella dell'ultimo settimanale letto, quella dell'ultima puntata del programma vista.

«Guarda quello: stava con Viola e si è messo con una babbiona...» oppure «Bella botta, vero?» sono le frasi tipo che mi arrivano mentre passeggio tra la gente. Una ragazza alta e magra si gira verso di me e dice: «Peccato che je piacciono le vecchie...». Una signora di quarant'anni con tanto di pelliccia e di cagnolino da passeggio mi guarda come se fossi uno gigolò.

Io tiro dritto, spero solo di riuscire a parlare sul serio con Viola, anche se non ho idea di cosa le dirò. Insomma, che cosa posso raccontarle? Lei ha già intuito la verità, ne sono certo, ma se le racconto come è andata con Giovanna, ne avrà la conferma e non potrò impedirle di andare ad affrontarla apertamente, sollevando un gran casino...

Io e Gianni arriviamo al locale. Luci rosse basse e divani e poltrone leopardate. Niente tavolini con sedie, solo divani, sembra di stare nel salotto di un amico. Non c'è posto per me e Gianni, gli altri invece sono già tutti seduti. Ma Viola? Non c'è! Gianni con una gomitata mi fa voltare. Viola sta uscendo dalla parte opposta rispetto a dove sono entrato io. Non saluto nemmeno gli altri, cerco di farmi largo nella fiumana di gente che popola il locale, per prendere la corrente di quelli che stanno uscendo dall'altro lato. Tra me e lei ora ci sono due o tre persone. Non sa che la sto seguendo.

Una volta uscita, la tallono per un po'. Mi basta correre un attimo per essere al suo fianco. Lei non si spaventa, ha capito che sono io. Camminiamo uno di fianco all'altra, come se fossimo ancora insieme. Sarò uno scemo ma pensare che stiamo respirando la stessa aria e che vediamo le stesse cose mi rende felice. Passiamo davanti a un ristorante giapponese, a un altro locale, poi imbocchiamo una stradina con tanti negozietti: uno vintage, molto carino, e una gioielleria, che non ha in vetrina i soliti gioielli. Mi fermo, si ferma anche lei. Siamo stati catturati dalla stessa cosa: due anelli che sembrano d'oro bianco che possono intrecciarsi. Uno ha un quadratino in rilievo e l'altro ha lo stesso quadratino intagliato nel metallo, quasi fosse un negativo. Non sono fatti per stare sempre uniti ma è bello che in certi momenti possano stare insieme. Come noi.

Mamma aveva regalato a papà due delfini di legno che rispecchiavano lo stesso concetto: il delfino maschio poteva incastrarsi con quello femmina semplicemente annodando i colli, insomma, i musi. Io li ho sempre osservati dentro una vetrinetta e non ho mai osato toccarli, credevo che se mai qualcuno li avesse separati, anche papà e mamma avrebbero smesso di amarsi. Era il mio terrore. Avevo un sacco di compagni di classe con genitori separati e io mi sentivo un privilegiato rispetto a loro, anche se vedendo la quantità di regali che ricevevano da ognuno dei genitori pieni di sensi di colpa o dai loro nuovi compagni, quasi quasi li invidiavo. Poi però pensavo a quel mucchio di pacchetti senza un albero di Natale per metterceli sotto. E alla fine concludevo che era pur sempre meglio beccarmi il regalo sfigato di papà e mamma, ma sapere che lo avevano scelto insieme e che il nostro albero era stato decorato con la stessa stella che papà aveva comprato per il loro primo Natale insieme.

Viola e io guardiamo quegli anelli, ma nessuno dei due ha il coraggio di guardare l'altro. Poi, lei se ne va. Torna al negozio vintage a curiosare.

Io ne approfitto ed entro nella gioielleria. Dal portafogli, quasi come una spada magica, salta fuori un Bancomat del quale forse non mi ricordo nemmeno il codice, dal momento che non lo uso mai. Lo guardo e poi guardo la faccia del gioielliere.

«Non è roba da ragazzi vero?» gli chiedo indicando gli anelli in vetrina, evidentemente con una faccia buffa, da come ride il gioielliere.

«Quella è bigiotteria, non vale un cavolo. Penso sia acciaio, non ne ho venduto neanche uno. Qui o una cosa costa dai tremila euro in su oppure la gente nemmeno se la fila. Facciamo così, tu mi fai un autografo per mia figlia che è pazza di te e io te li vendo per cento euro.»

«Ecco i soldi» dico io porgendo la tessera.

Lui la prende, la striscia sulla macchinetta e digita 100, poi mi fa inserire il PIN – spero sia giusto. Sul display compare la scritta CREDITO NON DISPONIBILE.

A quel punto il gioielliere mi dice: «Prendili. Se non li usi o ti va male, però me li riporti, ok?».

Che culo, un regalo... o quasi, visto che i trentadue euro che avevo in tasca li ha presi!

Esco quasi volando.

Cerco Viola.

Sarà tornata al locale dove stanno gli altri... Chissà se mi darà la possibilità di... Eccola! Esce da Mondi, una pasticceria che fa un gelato pazzesco, con un cono in mano, al pistacchio mi sembra.

Mi vede. Io la raggiungo davanti a una vetrina. Dopo un po' però mi separo da lei e mi avvio verso il Tevere.

Cammino fino alla quercia grande sotto la quale, d'estate, mettono i tavolini di un baretto sempre pieno di gente. Adesso fa ancora freddo e tavolini e sedie sono accatastate attorno all'albero. Procedo fin lì e mi giro. Viola è a qualche passo da me. Tiro fuori i due anelli dalla scatolina rossa e li guardo, in modo che li veda anche lei. Scavo un pochino con il piede nell'aiuola fino a creare una buca. Poi con le mani scavo di più. Assomiglio sempre più a un cane. Viola sta ridendo, poi tossisce, come quando ti va di traverso una risata che non ti aspettavi. La buca adesso è abbastanza profonda per infilarci gli anelli, anzi l'anello. Uno, quello col quadrato in rilievo, lo metto io al dito, l'altro nella buca. La ricopro di terra pigiando infine con la scarpa. Ci saltello sopra e lei stavolta sorride come non capitava da un bel po'.

Mi avvicino a lei, che resta lì immobile, a guardarmi. Penso che vorrebbe chiedermi tante cose... Quando le sono di fronte, le dico quello che mi viene in mente: «So che devo spiegarti un milione di cose, che tu hai delle domande da farmi... Se vuoi io adesso sono qui per dirti tutto quello che vuoi sapere».

Lei fa cenno di no con la testa.

«Non hai domande e non vuoi sapere?»

Annuisce.

«Ho capito. Ti interessa solo che ti ho trascurato e che sono stato uno stronzo che non merita più niente e quindi le mie risposte me le posso ficcare dove dico io.»

Sorride annuendo di nuovo.

«Hai ragione. Forse quello che ha più bisogno di vuotare il sacco sono io. E se non lo faccio ora è perché una cosa l'ho capita dalla cazzata che ho fatto: tradire la fiducia di una persona significa fare del male prima di tutto a te stesso. Io vorrei disperatamente il tuo perdono ma so di non meritarmelo, non ancora perlomeno. Tu soffri per colpa di un cretino, ce l'hai davanti, tu non sei una cacca come me. In un certo senso tu stai molto meglio di me...»

Non sorride più, sta male anche lei.

«Hai ragione dico cose che non ho il diritto di dire... Allora ti spiego cosa ho fatto e poi se vuoi ti accompagno sotto quell'albero...»

Mi ferma.

E finalmente parla: «Il mio anello è la sotto e quando sarò pronta so dov'è. Adesso non avrebbe senso prenderlo ma magari un giorno succederà».

Poi si gira e si allontana.

Io sono felice perché ho capito che prima o poi i nostri anelli torneranno insieme. Resto un po' in riva al Tevere a pensare, e guardo il fiume che scorre. Poi, dopo qualche minuto, qualcuno alle mie spalle inizia a lanciare sassi nell'acqua gelida. Spero sia lei.

Mi volto e invece di Viola mi ritrovo davanti un gruppo di ragazzi. Di quelli viziati, coi giubbotti col pelo sul cappuccio – non fa così freddo, ma a Cortina li indossavano, perciò anche a Roma devono farli vedere a tutti. Mi hanno riconosciuto. Infatti uno dice: «Aò, com'è la babbiona a letto?». E un altro: «Certo che sembrava proprio una santarellina e invece, con un borgataro come te si è andata a mettere». Me li merito tutti questi insulti. Poi il più grosso, uno di quelli che allo stadio solo il mio amico Bambino sarebbe stato capace di far stare buono, diventa più pesante: «Quella c'ha 'na fame, ma che non la vedete?».

«Non ti permettere, lei non c'entra e poi è una gran donna, sciacquati la bocca quando parli di lei.»

«... pure lei mi sa che s'è sciacquata dopo, però...»

Non fa in tempo a finire la frase che lo spingo indietro. Non mi va che per colpa mia parlino di lei in questo modo.

Il tizio, preso alla sprovvista, cade a terra. Io gli urlo in faccia che la Celentano non c'entra, che sono un bastardo che non ha il coraggio di confessare e che ho fatto una cazzata con una che poi si è comportata da vigliacca...

Un pugno forte allo stomaco mi blocca le parole in gola. Sputo e vomito qualcosa. Il tipo che ho spinto mi ha colpito dopo che il suo amico mi ha bloccato le braccia dietro la schiena. Poi mi arriva un pugno in faccia. Io cado a terra, mi raggomitolo. Un giorno ho visto che quando ti picchiano devi solo stare fermo e raggomitolarti.

Mi risveglio su un taxi. Viola è al mio fianco. Con un fazzoletto cerca di fermare il sangue che mi esce dal labbro. Niente ospedale. Stiamo andando al residence. Arriva il dottore chiamato dalla redazione. Mi obbliga ad andare comunque all'ospedale, per sicurezza, e la notte la passo così, su un lettino del pronto soccorso, ma con Viola vicino a me.

Forse il mio debito con la Celentano l'ho saldato stanotte.

Giovanna, fatto.

Celentano, fatto.

Con Viola sarà più difficile, l'ho capito.

Ultimo frame prima di addormentarmi: sento il sapore del mio sangue in bocca. Viola sta rannicchiata su una poltroncina dove ci sono tutti i miei vestiti alla rinfusa.

Prendere botte ed essere felici, questo racconterò ai miei figli quando ci ruberanno la Mondeo...

36
A carte scoperte

Vorrei tanto averla persa questa prima sfida del serale, adesso che Viola ha appena detto quello che ha detto. Se la mia squadra avesse perso, sarebbe stata la sua a scegliere chi mandare via dalla scuola. E invece no. Nelle due sfide di ballo ho vinto sempre io. Prima il passo a due di Garrison: io ed Elisa contro Paco e Paola. Prima di ballare eravamo sotto di poco rispetto ai Bianchi. Dopo la sfida ci siamo avvantaggiati di un pezzo. Me lo ha fatto notare Maria. Non è l'unica cosa che mi ha fatto osservare.

Al termine del primo RVM della serata in cui tutti hanno parlato male di me – tra gli altri il solito Gabriele: «Non dovrebbe nemmeno esserci al serale!», Paco: «Se fosse solo per il ballo non avrei paura di niente» e Katia: «Viola non dorme e pensa solo a Marcello mentre lui chissà a chi pensa...» –, ecco, dopo questi cioccolatini tutti per me, Maria ha fatto notare che l'unica della squadra avversaria a non essersi pronunciata è Viola. Mi fa piacere questo. Quando ti prepari e hai solo il tempo per dormire ti spacca lo stomaco sapere che dall'altra parte c'è gente che confonde il gioco con quello che uno ha nel cuore. Viola non si confonde. Si taglierebbe un braccio per vincere, ma per questo non sarà mai bastarda con me. Eppure basterebbe così poco; per esempio potrebbe fare la vedova sconsolata, mollata e sfortunata, invece ride e di me non parla mai. L'altra sera sono entrato in palestra per le prove del musical. Qualcuno dell'altra squadra aveva dimenticato un copione. In alto a destra c'era scritto "Viola", era il suo. Ho capito così che facevano *Grease*. Per entrare nella parte, lei sopra la prima battuta ha annotato a matita: "Come faresti con Marcello, se potessi...". Subito dopo, nella scena, i due protagonisti si baciano, capite?

Ho vinto anche il mio assolo contro Paco e portato in ulteriore vantaggio la mia squadra. E non sono per nulla contento.

Quando Maria ci proclama vincitori realizzo che Viola rischia grosso, perché nella mia squadra tutti la temono. Nei giorni scorsi ho cercato di capire come avrebbero votato i miei compagni in caso di vittoria, ma loro subito cambiavano discorso. Io ho sempre pensato che ad *Amici* dovesse vincere uno veramente forte, con una grande personalità, non uno che ha soltanto fatto bene i suoi calcoli. Per questo non voto mai per cacciare uno bravo. Man mano che ascolto i miei compagni pronunciare il nome di chi vorrebbero eliminare, mi rendo conto che avevano già deciso di fare fuori Viola. Da me non si sono mai fatti beccare a parlarne apertamente, forse avevano paura che li avrei fermati. Se penso che tempo fa mi avevano assicurato che non l'avrebbero mai toccata... Invece proprio loro vogliono sbatterla fuori dal programma.

Per fortuna Viola è adorata dai professori. Perché è corretta, brava, bella e mai stronza, tranne che con una persona...

Guardo Viola, chiamata da Maria al centro dello studio. Ha la faccia preoccupata, come se pensasse che i professori non la salveranno.

Se ne sta là in mezzo e mi sembra piccola come non mai. Il tremito alle gambe le è passato. Se non la salvano, lascerà *Amici*.

Maria legge ad alta voce i bigliettini con i voti che le porge Chicco e al termine si rivolge a Viola: «Sai cosa significa questo vero?».

Da come la guarda capisco che a Maria sta simpatica. Le cinge le spalle con il braccio.

«Certo» dice Viola. «Vuol dire che me ne vado perché i professori non mi hanno salvato. Maria posso fare una domanda?»

Maria capisce dove vuole arrivare: «Il voto dei professori è segreto ma una domanda la puoi fare, prego!».

«Vorrei sapere se la professoressa Gioia mi ha salvato. Perché se mi ha salvato è una gran donna, se non l'ha fatto, invece, è solo perché è gelosa.»

Mi cade la mascella.

Che cazzo sta dicendo?

Maria la guarda ammirata.

Viola sa che tra qualche minuto Giovanna verrà chiamata nel camerino da Maria per dare qualche indispensabile chiarimento. Poi continua: «Da questa scuola non voglio uscire nemmeno se mi sparano. Perché entrarci non è stata una passeggiata. Perché nella scuola c'è il mio amore e non lo voglio lasciare tra le braccia di una persona sbagliata. Ma se devo andarmene non lo farò prima di averle dette tutte, le verità su *Amici*».

Giovanna durante tutta la piazzata di Viola è rimasta immobile. Labbra chiuse, occhi puntati su di lei, un sorriso che apparentemente sembra comunicare sicurezza ma che io conosco bene...

Maria ribadisce a Viola che chiedere non fa male. A me fa male invece. E purtroppo anche a Giovanna.

«Posso solo sapere chi ha votato per tenermi e chi per mandarmi via?»

Jurman la voleva fuori e lo ammette. Ma questo non la ferisce. Steve "perché non si esprime quando balla"; Patrick perché ha fatto male il musical, "chissà a cosa pensavi mentre baciavi Gianni" gli ha detto. Lo so io, a cosa pensava. Palma la voleva fuori e anche Astolfi; Vessicchio no, continua a credere che dovrebbe cantare in un grande show, magari all'estero, visto che parla un inglese perfetto. L'ultima ad aver ammesso di volerla fuori è Giovanna.

Si è alzata e le ha detto: «Non capisco questa tua richiesta, ma sì, anche se ti stimo, confermo che ho votato contro di te».

Prima ancora che finisca di parlare, Viola molla tutti e scappa fuori dallo studio, un'uscita alla Marco Carta. Prende il primo corridoio alla destra di Maria e fa per andarsene. Maria la raggiunge dietro le quinte e la vede in lacrime con le spalle alla scenografia. Il pubblico segue la scena sul grande display.

In studio è calato uno strano silenzio.

Corrono tutti, per capire che cosa vuole fare Maria.

«Mandiamo la pubblicità?» chiede Piero, l'assistente di studio. Maria non gli risponde ma è chiaro che in questo momento se ne frega della pubblicità. Ha preso una mano di Viola e gliela accarezza piano, cercando di farla smettere di piangere...

Tutta Italia sente Viola dire tra le lacrime: «Se volevi sapere chi è stata con Marcello, Maria, stasera lo hai capito, vero?».

Maria non dice nulla, e Viola continua «... sono un insulto alla sua coscienza, non mi vuole vedere in giro perché le ricordo la sua vigliaccheria, come lei ricorda a me che Marcello mi ha tradito. Io voglio solo che mi passi presto... ma lei perché fa così?».

Il pubblico rumoreggia, confuso. Io lancio uno sguardo a Giovanna. È sbiancata a sentire quelle parole.

Maria si alza e rientra in studio.

Non si aspetta di trovare me al centro del palco.

«So che ti chiederai cosa ci faccio qui io, vero?»

«Più che altro avrei domande più importanti da fare, e non a te, Marcello.»

«Viola ha perso, ma non meritava di lasciare la scuola. Vorrei chiedere una cosa alla commissione, posso?»

Maria annuisce e segue le cose come se fosse una spettatrice.

«Giovanna, per favore, posso chiederti una cosa?»

Giovanna è paonazza, non riesce nemmeno a rispondermi.

«Puoi per cortesia dire ai tuoi colleghi di rifare la votazione, e astenerti dal votare, per favore? Se lo ritieni opportuno, spiega pure il perché, ma ti prego, fai quello che ti ho detto.»

Chicco ha la mascella slogata, la bocca aperta, guarda Maria, poi Giovanna, me e ritorno. Maria si avvicina a Luca che le sussurra qualcosa all'orecchio. Quindi si siede, per vedere come va a finire.

Vessicchio prende la parola: «In teoria la decisione presa è definitiva, quindi o c'è un motivo forte per la tua richiesta Marcello, oppure dovremo respingerla».

A questo punto interviene anche l'avvocato del CODACONS, che siede sempre alle spalle della commissione per controllare che tutto si svolga regolarmente. È una ragazza mora, carina, e chiede la parola. Chicco vorrebbe morire, si vede dal colore del suo naso. Maria le dà la parola.

«Marcello, se c'è un motivo per chiedere di rifare la votazione, dobbiamo saperlo tutti, anche per garantire la regolarità del gioco.»

«Giovanna dovrebbe autoescludersi dalla votazione perché ha forti motivi per voler fuori Viola.»

Un bisbiglio parte piano e dopo un secondo sembra un'onda del mare che si infrange tutta in faccia a Giovanna. Che finalmente fa quello che deve. Si alza e se ne va. Passa vicino a Maria e le dice: «Se non ti dispiace, Maria, io andrei. Ha ragione Marcello, ho un'avversione personale nei riguardi di Viola e non è giusto che io voti. Se è possibile vorrei che i miei colleghi ripetessero la votazione. Posso prendermi due mesi di aspettativa?». Poi, senza aspettare la risposta di Maria, esce dallo studio.

«Chicco?» dice semplicemente Maria.

Lui, con la chiarezza di un bimbo di tre anni, dice che la votazione deve essere ripetuta. Il pubblico parte con un applauso e tutti, dico tutti, si voltano verso il tunnel da dove è uscita Viola.

Si aspettano di vederla ricomparire. La sorpresa perciò è grande quando da quel corridoio spunta Giovanna. Di colpo un silenzio quasi irreale. Lei avanza verso Maria che le sorride, mentre si fa da parte per lasciarle la scena.

Non serve rifare la votazione. Il mio voto lo do a Viola, quindi è salva. Lei non ha nessuna colpa per quello che è successo e non è giusto che ci vada di mezzo. L'unica responsabile sono io. Responsabile di essere una donna sola che ha creduto di potersi innamorare di un ragazzino e che per paura di ammetterlo ha lasciato che venisse incolpata una carissima amica e una meravigliosa persona come Alessandra Celentano. Lei non c'entra nulla, sapeva tutto sin dall'inizio e per proteggermi si è addossata l'intera colpa. Scusa, Alessandra, e ancora grazie.

Ho creduto di potermi innamorare di Marcello e ci sono anche riuscita, ma non è questo il punto. Il punto è: perché è successo? Dopo mesi di letargo, Marcello mi ha ridato un motivo per sentirmi viva. Grazie a lui ho scoperto che non ero arrivata al traguardo. Prima di conoscerlo, pensavo che il mio cuore non sarebbe più tornato a battere per nessuno, che il mio corpo non avrebbe più vibrato per nessuno. Marcello ha risvegliato la mia curiosità... So a cosa state pensando: al sesso. No, nulla di tutto questo. Come fossi una ragazzina alla sua prima cotta, Marcello mi ha ridato la gioia di vedere la vita sotto un'altra veste. Fosse dipeso da me sarei andata in tutte le cartolerie del mondo a comprare diari dove attaccare la sua foto, e a disegnare cuori rossi in tutte le pagine. La mia colpa è stata quella di tornare a vivere, di tornare a dare un senso alla mia vita. La mia colpa è stata quella di lasciarmi trasportare da questo vento leggero a cui ho permesso di spazzare tutti i tabù e i pregiudizi.

Fino a pochi mesi fa pensavo che le donne che frequentano ragazzi di vent'anni più giovani fossero delle cretine. Mi comunicavano una tristezza infinita e mi chiedevo come mai lo facessero. L'unica risposta che riuscivo a darmi è sempre stata la stessa: non accettano di invecchiare. Sì, è vero, è una risposta forse troppo riduttiva, ma vera. Dov'è la colpa in questo?

Dov'è la colpa nel non volere accettare di invecchiare? Dov'è la colpa nel volersi ancora sentire belle, interessanti?

Lo so, state pensando che è un atteggiamento immaturo, da persona poco risolta e frustrata.

Ok avete ragione.

Ma le parole non valgono nulla, contano i fatti e io mentirei a me stessa se non vi dicessi che le emozioni che ho provato con Marcello sono quelle più intense che io abbia mai provato nella mia vita.

Poi se volete mi metto con voi a puntare il dito, a giudicarmi un'irresponsabile e una disgraziata ad aver creduto che questo potesse diventare un amore ricambiato, un amore costruttivo, alla pari. Sono qui, davanti a tutti voi, e sono pronta al vostro giudizio, ma niente e nessuno mi può togliere la gioia di quei pochi attimi in cui mi sono sentita viva, felice. Non mi pento di quel che è successo e se potessi tornare indietro rifarei tutto esattamente nello stesso modo. Maria, lo so, ho disatteso il regolamento e la mia posizione qui all'interno del programma non mi permette di essere imparziale e obiettiva come richiesto ai professori, quindi ti libero dall'imbarazzo di dovermi cacciare e me ne vado.

37
Modalità magic

È finita. Viola ha vinto *Amici*.

Sono le due di notte e ci siamo baciati come matti, dietro le quinte, sulla macchina che ci portava a scuola, dove c'è il rinfresco. Abbiamo brindato con il resto dei compagni e l'ho stretta come non ho mai fatto in questi mesi. Le telecamere ci hanno ripreso, ma non mi importa. Voglio sentire il suo corpo vicino al mio, scambiarci calore e carezze. Punto e basta. Non è più come durante i mesi passati, dove farsi sorprendere mentre davi un bacio poteva sembrare un modo per ottenere più voti...

I giornalisti che hanno assistito alla puntata attendono nella nostra sala relax che arrivi Maria con la vincitrice e con noi, gli altri finalisti. Li vedo dalla vetrata: mangiano tartine, sorseggiano Prosecco e pensano all'articolo che scriveranno domani. Hanno bisogno di notizie e di qualche commento di Maria, poi manderanno il pezzo in redazione.

Eccola Maria, entra con Viola, e noi subito dietro spinti dentro la saletta da una redattrice.

«Eccovi la vincitrice! Non è facile che *Amici* venga vinto da una donna, ma lei ce l'ha fatta» la presenta

Maria «a dimostrazione che una ragazza oltre che carina può anche essere intelligente e brava.»

«Cosa hai pensato quando la Celentano ti ha detto...», «È una rivincita questa vittoria o una cosa normale?» e tante altre domande.

Maria guarda Viola perché sa che è stanca, sa che anche i giornalisti sono stanchi. Sa soprattutto che queste domande richiedono molta diplomazia e che Viola è un po' un soldatino: a volte parte all'attacco e... Stavolta però non attacca, scappa, ma lo fa nel modo giusto. Dice:

> Vi ringrazio e spero che vi sia piaciuto lo spettacolo che abbiamo offerto stasera; ringrazio Maria e i suoi di tutto; quello che posso dirvi è che andrò via dall'Italia, dove per fare questo lavoro devi prima di tutto mostrare le tette; non voglio incontrare produttori televisivi che mi facciano mettere di profilo, che mi chiedano se mi va di posare in topless né cosa ne penso dei calendari; non voglio sentire le proposte assurde degli impresari teatrali che non sanno più distinguere tra televisione e teatro; non aspetterò di fare qualche serata dove a nessuno interessa come canto; non voglio nemmeno sperare in un CD tutto mio... Se non sarà per l'intervento di Maria, nessuno si farà mai avanti visto che qui in Italia nessuno rischia sui giovani. Le canzoni che ho cantato nel disco di *Amici* sono la cosa più bella che potesse capitarmi, almeno qui nel nostro Paese; non voglio aspettare di finire i soldi cercando di pagare un affitto troppo alto pur di stare in una casetta del centro; e soprattutto non voglio aspettare che quello che provo per Marcello sbiadisca per colpa della mancanza di prospettive qui in Italia per chi non vuole essere... scusate il termine, una mignotta; *Amici* ha fatto tutto quello che poteva per me e per noi, ma so anche che a un'ora di aereo da qui sanno capire, usare, valorizzare quello che ho imparato in questa scuola. Scappo dall'Ita-

lia perché Broadway non è qui, perché Hollywood non è qui, perché nemmeno se mi metto a cantare in metropolitana me lo lasceranno fare, qui. Mi dispiace scappare dalla mia terra ma è una cosa che devo fare se voglio credere al mio talento. Buona notte a tutti e grazie di aver sopportato questo mio sfogo.

Maria sorride. Credo che se fosse una cantante avrebbe parlato pure lei nello stesso, identico modo. Non tutti i giornalisti hanno capito. Ma qualcuno si affretta a stringere la mano a Viola. Lei esce, io la seguo a ruota. Ci infiliamo nella saletta di fianco, nell'aula di danza classica, per stare un po' tranquilli.

«Dove andiamo adesso?» le chiedo.

«Londra. Tra qualche giorno c'è un'audizione per *Nine*, il nuovo film di Marshall? Cerca ballerini e cantanti e voglio provarci, anche tu dovresti... se vuoi...»

«Certo che voglio. Ho scelto te, Viola, lo sai. Ho scelto di continuare a sperare e a credere in noi» le dico baciandola.

Come se fosse un rosario mi elenca il cast di questo nuovo film, di cui mi aveva già parlato Paco: Penélope Cruz, Nicole Kidman, Kate Hudson, Daniel Day-Lewis, Sophia Loren e Judy Dench. E io, come un credente seduto in chiesa, inizio la mia preghiera segreta, quella di comparire un giorno nella stessa inquadratura con chiunque dei grandi che sta elencando. Papà dice sempre: "Ringrazia chi ti mette in testa dei sogni, sono i semi del tuo futuro".

Ho sempre pensato che chi ti indica una strada è più importante del luogo in cui devi andare. *Mettersi in viaggio* per raggiungere la felicità è più bello degli stessi momenti di felicità che ti toccheranno durante il viaggio. Viola è questa felicità. Mi indica una strada, mi offre uno scenario, mi cambia le prospettive; sa indicarmi una via e sa darmi il coraggio di camminare al suo fianco. Ecco una donna per la quale vale la pena di sognare un futuro.

«Vuoi sposarmi, prima o poi?» le chiedo.

«No... per ora voglio solo volare via con te.»

Rido. E corriamo, evitando la macchina offerta dalla produzione per portarci al residence. Corriamo verso l'uscita dove ancora ci sono gruppi di fan in attesa. Ma poiché indossiamo i nostri vestiti di tutti i giorni, con tanto di cappello e sciarpa, come due agenti segreti usciamo senza che nessuno si accorga di noi.

Camminiamo nella città di notte come solo due vagabondi possono fare. Senza paura, senza fretta, respirando l'aria e parlando con calma. Non abbiamo bisogno di correre. Credo che i grandi che a Roma hanno realizzato cose immortali, Fellini per esempio o Flaiano, avessero ancora la voglia di camminare, di andare piano con la tranquillità di chi passeggia di notte. Non arriveremo mai dove sono arrivati questi grandi; intanto, però, facciamo come loro, andiamo lenti rischiando di sbagliare strada ma con il tempo dalla nostra parte per riparare agli errori. Dopo mezzora siamo a San Giovanni, la chiesa davanti alla quale fanno il concerto del 1° maggio, poi il Colosseo, Piazza di Spagna, Piazza Navona, Campo dei Fiori. Camminiamo come per riempirci gli occhi con questa grandezza e con questo ritmo.

«Dove cazzo siete spariti?» è Luca al telefono.

Ci parliamo tutti e due, in viva voce. Gli racconto del provino, di Londra, di quello che Viola ha detto.

«Sono fiero di voi, ragazzi. In bocca al lupo. Tra qualche settimana sono a Londra anch'io. Magari ci vediamo e ci beviamo qualcosa insieme.»

Ecco là fuori il grande mondo che ci aspetta, quello che uno sogna da piccolo, dove, se sai tre parole di inglese e hai talento e il coraggio di mostrarlo, puoi farcela.

Arriviamo davanti a casa mia verso le sette del mattino, stanchi come stracci. Ci sediamo su una panchina e dormiamo per un'oretta, con le teste vicine, giusto in tempo per vedere mio padre sollevare la serranda del negozio, bersi il suo caffè sulla porta in attesa del Sor Nando, ex autista di autobus ed ex allenatore della mia prima squadra di calcio – quello che, quando avevo paura di rientrare nel secondo tempo di alcune partite, perché temevo che un certo difensore cagnaccio mi spaccasse le gambe, mi prendeva a calci le caviglie e diceva: «I carci che non te dà quello sul campo, te li do io adesso, è chiaro?!» –, l'unico vero filosofo che abbia conosciuto in vita mia. Adesso è vecchio, lento ma non ha perso l'abitudine di farsi fare la barba da papà. Questa è la realtà da dove vengo e mi fa bene vederla prima di andarmene.

La nostra notte prima di volare via non vuole finire però. Viola mi prende per mano, mi porta all'Isola Tiberina dove ferma un traghettino strepitoso. Lo conoscono in pochi, è una cosa da turisti.

«Quando sono venuta in gita a Roma due anni fa, lo prendevo al posto degli autobus... sali!» mi invita lei. Seduto sul battello vedo scorrere la mia città, i colori caldi della terra, come se fosse Parigi o Londra, dove il sole non si è ancora arreso alla pioggia. Non avevo mai visto Castel Sant'Angelo dal basso e poi le chiese... Roma insomma.

«Arriva fino a Ponte Milvio questo battello» dice Viola come se avesse una storia da raccontarmi. Una storia che conosco bene. Appena metto il piede sul pontile lo vedo, l'albero. E capisco. Mi prende la mano e gioca con il mio anello, quasi mi trascina fino al punto preciso.

«Era qui vero?»

Parla del suo anello, quello con il quadrato che si incastra nel mio, quello che io ho sotterrato.

«In tasca durante la finale avevo un solo portafortuna, questo.» Estrae un cucchiaio proveniente dalla casetta. E col cucchiaio scava. Dopo un attimo vedo una luce sul suo viso che non mi scorderò facilmente, come la prima volta che vedi l'alba al mare. La fronte spianata e gli occhi carichi di gioia. Infila il suo anello.

«Adesso sì, questo è il momento giusto. Tu lo vuoi ancora?»

Non piango quasi mai, se non al cinema. Ma faccio una specie di singhiozzo trattenuto, mi mordo persino il labbro per non farlo. Solo che i miei occhi sono appannati da un velo che Viola vede benissimo.

Invece di baciarci, stringo il mio pugno e lo stendo verso il suo: come due Power Rangers cretini che passano in modalità magic, congiungiamo i nostri anelli.

«Power up!»

Sì, da adesso in poi siamo in modalità magic.

38
Penélope e Kate ti aspettano

Oggi ho mandato un MMS a Luca. Sono a Londra. Ho fatto l'audizione. Anche Viola. Lei ha già girato cinque o sei scene, in qualcuna dovrebbe vedersi, spero.

A me, è andata... addirittura meglio. Il film parla dell'Italia, Marshall ha preso spunto dal grande film di Fellini, *8 ½*, quindi è normale che abbia cercato gente con la faccia da italiano.

Ci segue un'agenzia londinese. L'agenzia italiana che gestiva Viola e me voleva che firmassimo un contratto preventivo: se ci avessero preso, loro avrebbero avuto il trenta per cento del nostro compenso, capito? Noi due ce ne siamo fregati, non abbiamo firmato e ci siamo cercati un'agenzia qui, che prende il tre per cento ed è professionale il triplo.

Al provino sono arrivato con la consapevolezza che di ballerini migliori di me ce n'erano cinquemila. Io ballo, comunque, e mi prendono, insieme a un sacco di altri ragazzi bravissimi. Un danese alto e perfetto che viene dalla classica e il resto tutti molto latini, molto Ricky Martin. Il contratto prevede una settimana di riprese, non un successo, ma insomma.

Dall'Italia, invece, mi è arrivata la proposta di fare

il protagonista di *Peter Pan*, hai visto il caso? Ma ho rifiutato: preferisco fare la super comparsa a Londra piuttosto che il protagonista per tre mesi e poi chissà. Oltretutto non hanno voluto Viola come Campanellino, perciò non se ne parla. Mi sono sempre detto che se Peter Pan poteva volare era perché faceva pensieri leggeri, ma soprattutto perché Campanellino aveva con sé la polvere di stelle, la polvere magica insomma. Senza Viola di volare non se ne parla.

Nell'MMS che ho spedito a Luca però c'è una novità di questi giorni: Rob Marshall ha voluto parlarmi. Proprio lui, non uno dei suoi tre assistenti personali, lui. Mi ha guardato in faccia per dieci secondi stando zitto, poi ha guardato Susan, la sua prima assistente e ha fatto "sì" con la faccia, come per dire, è proprio lui.

Ho pensato per un attimo che volesse provarci, anche se non mi sembra il tipo che se ne approfitta. Mi ha spiegato tramite Susan, che mi traduceva tutto in italiano, che ho la faccia giusta, che non mi farà parlare perché non vuole rischiare di farmi fare una cosa troppo difficile, ma mi farà ballare con Nicole, Penélope e Kate, e se girerà la scena con Sophia, sarò io il suo accompagnatore. Il tutto significa tre mesi di lavoro sicuro e soprattutto ballare con delle superstar del cinema. Nell'MMS che ho mandato a Luca ci sono io in mezzo a Penélope e Kate, con scritto:

> Ti aspettano anche loro.

Dopo un istante arriva un SMS di Luca:

> Chi sono, due ballerine pazze di te?

Gli rispondo di sì, ma poi gli spiego tutto. Mi scrive che vorrebbe tanto venire a trovarmi, ma starà a Londra solo due giorni. Farà il possibile, mi promette.

Su Facebook intanto sembro una star, tra le foto che ho caricato sul mio profilo ci sono quelle in cui appaiono anche Daniel Day-Lewis, Judy Dench, insomma gente dell'altro mondo.

Non credo che la felicità sia diversa da come mi sento adesso. Interi minuti dove hai il sorriso sulle labbra, serenità nel cuore e progetti che ti spuntano come funghi. In fondo essere felici è avere un passato con il quale hai fatto i tuoi conti, vedere un futuro che ti piace e vivere un presente che ti capita come un regalo. Non è un caso se in inglese regalo si dice *present*, lo dicono anche in *Kung Fu Panda*.

Mi squilla il telefono.

«Io sono a Piccadilly.»

Gli spiego qual è il teatro dove giriamo e Luca arriva. Non può immaginare che soddisfazione sia per me che lui finalmente mi veda grande, adulto, felice. Lui che nei mesi scorsi mi aveva ripetuto mille volte: «Cresci se lo vuoi, ma se decidi, fallo!». Lui che mi ha messo con le spalle al muro un sacco di volte, tutte le volte in cui cercavo di scappare dalle mie responsabilità. Ecco, adesso sono arrivato dove tutti volevano che arrivassi, con il mio lavoro e la mia voglia di farcela. Gli racconto che mi hanno trovato una casetta carina a trenta minuti di metro, che mi trattano benissimo, che nel mio camerino c'è la scritta TALENT: MARCELLO MALTONI. Anche se in inglese *talent* non vuol dire talento, ma sta solo a indicare che non faccio un lavoro tecnico e compaio in video, a me piace comunque...

Viola sta per tornare in Italia. Lei ha finito di girare.

Mi ha già fatto tutte le raccomandazioni: di non tradirla con qualche star di Hollywood e di non rompere le palle a tutti.

Luca mi guarda e sono certo che sta pensando fra sé e sé che sono i ragazzi come me, sono io la ragione per cui è un piacere fare *Amici*! Non dice nulla ma capisco benissimo.

Sono stato a un passo dal sogno per un bel po' e adesso, che nel sogno ci sto dentro fino al collo, non ho nessuna intenzione di svegliarmi.

Don't stop me now / I'm having such a good time... / Don't stop me now...

I Queen cantavano "non fermatemi adesso" ed è proprio così che mi sento. Non fermatemi adesso perché mi diverto troppo!

39
4 marzo 2010

Sono tornata alla mia solita vita, ora insegno nella scuola dove lavoravo prima di partecipare ad Amici.

La gente piano piano ha smesso di riconoscermi per strada e io finalmente mi sento più libera. A volte mi capita ancora di vedere il programma, soprattutto di notte, in replica. Provo come un ricordo affettuoso verso qualcosa che è stato mio ma non mi appartiene più, come quando ritrovi per caso un amico del passato con il quale, non sai nemmeno come, hai smesso di frequentarti. E quando lo rivedi, quando ci riparli, quasi auspichi di farlo rientrare nella tua vita. Invece, naturalmente, torna nel nulla, naturalmente lo dimentichi.

Ogni tanto rivedo anche Alessandra. Capita che si ceni insieme, come la settimana scorsa al nuovo ristorante libanese. C'era anche Garrison, e dopo i primi venti minuti passati a parlare di noi, inevitabilmente loro due si sono messi a discutere del programma. Garrison accusava Alessandra di essere troppo rigida e le consigliava di aprirsi a nuove forme di danza. Insomma niente di nuovo. Io li osservavo e sorridevo, pensando tra me e me a quanto fossi ormai lontana da quella realtà, a quanto tutto sia relativo. L'anno scorso anch'io prendevo parte a quei discorsi, oggi ne sono fuori, ma senza rammarico.

Amici *è stata una bella parentesi e, finché è durata, anche preziosa.*

Adesso però, no, non farebbe più per me.

Ho capito che sono troppo scoperta, troppo chiusa in me stessa per potermi rappresentare in TV. *Ad* Amici *funzionano le persone risolte, in positivo o in negativo, che sono quelle che sono, fuori o dentro la scuola; funziona chi non se la mena troppo se quello che sta facendo sia giusto o no.*

Funziona chi agisce d'impulso, magari sbagliando.

Funziona chi non si lascia coinvolgere emotivamente dalla situazione.

Funziona chi è in grado di correre dietro gli eventi senza lasciarsene modificare.

Io, in tutto il periodo trascorso ad Amici, *mi sono sempre sentita in bilico, sempre inadeguata e, benché il lavoro con i ragazzi sia stato fonte preziosa di gioia e insegnamento, ho capito che la televisione non fa per me.*

Luca ci ha sempre detto che la televisione non va subita, ma usata, che non possiamo permetterci che la TV *ci fagociti e che ci faccia conoscere per quello che non siamo. Io non mi riconoscevo in quella "me stessa" che vedevo sullo schermo. Ogni volta mi chiedevo se quella là fossi io.*

Perciò sono tornata alla mia vita quotidiana, a mio figlio, alle mie emozioni sbiadite nelle quali però mi sento tanto sicura e comoda. Nella vita esistono i protagonisti e le persone normali, io sono una di queste e lo dico con estrema serenità.

Oggi però alla Giovanna-persona normale è successa una cosa straordinaria. Quando sono uscita di casa stamattina, nella cassetta delle lettere c'era una busta. L'ho aperta e dentro ho trovato due biglietti per la prima cinematografica di Nine. *Nessuna firma, nessun mittente. Io l'ho richiusa e buttata nel cestino sotto la cassetta delle lettere. Poi, durante la pausa pranzo, mentre mangiavo al solito bar, leggen-*

do distrattamente un quotidiano, la mia attenzione è stata rapita da un articolo in cui si parlava della prima del film specificando che nel cast c'erano anche Viola e Marcello, ex ragazzi di Amici.

A quel punto ho ricollegato tutto, il pensiero è volato a quella busta gettata via.

Nella mia mente solo un nome: Marcello.

Sono corsa a casa, per tutto il tragitto ho pregato Dio che il portiere non avesse già buttato via il contenuto del cestino.

Sono entrata nel portone e come una furia mi sono gettata verso il cestino. La busta bianca era ancora là. L'ho rubata come una ladra e nascosta nella giacca. Una volta a casa l'ho guardata e riguardata, ma nessun indizio riportava al mittente. Non c'era nemmeno un francobollo o un timbro postale, quindi era stata consegnata a mano. Ho chiamato il portiere per avere informazioni, ma come al solito non aveva visto né sentito nulla.

Una parte di me sperava che quella busta l'avesse consegnata Marcello.

L'altra invocava solo una stupida coincidenza.

Ho passato il resto del pomeriggio a galleggiare in casa.

Ho cambiato idea cento volte sul da farsi: andare o non andare?

La proiezione inizia alle nove in punto.

Alle otto e mezzo sono ancora in pigiama sdraiata sul letto, decisa a non andare. In TV Striscia la notizia *a tenermi compagnia. La trasmissione più temuta dai* VIP *mi mostra una Simona Ventura senza trucco che francamente non trovavo così terribile, anche se, devo ammettere, la scelta della foto del prima e del dopo è ben studiata per esaltarne le differenze.*

Suona il cellulare. È Alessandra.

«Ehi come va?»

«Bene, e tu? Dove sei?»

«Sono alla prima di Nine, *pensavo venissi, anche se capisco che...»*

«Sì, non mi sembra il caso. Fa parte del passato, no?»

«Sì, hai ragione, ma pensavo ti potesse far piacere condividere con loro questo traguardo.»

«Mi stai dando dell'egoista?»

«Ma no, scema... è che prima o poi dovrai anche risolvere questa cosa. Magari era l'occasione buona per farti vedere felice per un loro traguardo e condividerlo anche con noi, no? E poi non l'hai detto tu che è passato? È trascorso un anno ormai... In fondo anche tu in parte hai contribuito a questo loro successo, no? Scusa ma devo chiudere, stanno spegnendo la luce in sala.»

Clic.

Questa telefonata non ci voleva, come un mestolo che ravana il fondo della pentola fa riaffiorare strani pensieri.

La decisione presa si frantuma.

Apro l'armadio e guardo distrattamente il suo contenuto; lo richiudo e vado in bagno. Mi guardo allo specchio. Mi vedo gonfia e ho i capelli sporchi.

Ma a cosa sto pensando?

Mi trucco, prendo tempo, aspettando che il sole torni nella mia testa.

E senza pensarci sto già chiamando un taxi.

Arrivo al cinema, ma all'ingresso mi dicono che la proiezione è praticamente finita. Il mio invito però è valido per il rinfresco che si terrà subito dopo. Mi accompagnano nella sala dove si terrà la festa, i camerieri in livrea stanno ancora sistemando e mi guardano come per dire: "Mo' che vuole questa?".

Prendo un bicchiere di vino bianco, cerco un angolo della stanza con una finestra e guardo fuori per passare inosservata.

Un fiume di applausi arriva da sotto.
Il film deve essere finito.
Un pensiero di fuga si impossessa di me.
Appoggio il bicchiere e guadagno le scale verso l'uscita.
Una corrente contraria di persone mi investe.
Mi sento una ladra che scappa.
Indietreggio e mi spalmo sul muro, la gente mi passa accanto ignorandomi.
«Ah, brava, ma dov'eri? Non ti ho visto in sala» mi dice Alessandra venendomi incontro.
«Sono arrivata tardi e la proiezione era già finita, com'è stato?»
«Molto carino e i nostri ragazzi fanno un'ottima figura, una particina piccola, ma si notano comunque. Fra poco salgono anche loro così almeno li saluti.»
«Non so se ce la faccio, Alessandra» le dico abbassando gli occhi.
«Piantala. Te l'ho già detto: il passato è passato. Ora ti stampi un bel sorriso su quella faccina e sali con me.»
Mi prende sottobraccio e mi porta nuovamente di sopra.
C'è un sacco di gente, l'italiano, l'inglese e il francese si mescolano nella stanza formando una lingua nuova senza significato.
Sono di spalle alle scale e sto parlando con la Scalise quando qualcosa mi fa girare di scatto.
Marcello entra nel mio campo visivo. È in compagnia di una signora bionda con in mano una cartelletta. È bellissimo, ha i capelli molto corti ed è leggermente abbronzato. Vestito benissimo, indossa una giacca blu elettrico con sotto una T-shirt bianca e jeans blu scuro.
Non mi vede e va verso il buffet.
La bionda lo lascia solo per parlare con i camerieri.
Io prendo un gran respiro, mi riassetto i capelli e gli vado incontro. Sono a pochi metri da lui, ma sono ancora nasco-

sta da alcune persone di spalle. Sulla destra intravedo Viola che fende la folla per raggiungere Marcello.

Io mi blocco.

Gli cinge la vita con una mano e l'altra gliela mette sugli occhi.

Lui si gira e la bacia.

Un fotografo si avvicina e sento che gli chiede: «Potete rifarlo?».

«Certo» risponde Marcello «è sempre un piacere baciare il proprio amore.»

Mi congelo. Vorrei essere lontana chilometri da lì.

Cambio direzione. Corro verso le scale.

«Giovannaaa» sento alle mie spalle la voce di Garrison.

Lo ignoro.

Esco e mi fiondo nel primo taxi libero.

Do l'indirizzo all'autista, ma il taxi non parte, la strada è intasata.

Qualcuno bussa al finestrino.

Il taxi si rimette in moto.

Alzo lo sguardo e vedo di fronte a me Marcello, con una mano appoggiata al vetro.

«Mi devo fermare signora?» mi chiede il tassista.

Guardando fisso negli occhi Marcello rispondo: «No, no, vada pure».

La macchina parte.

Il mio sguardo sulla strada davanti a me.

«Non voglio impicciarmi dei fatti suoi signora, ma il ragazzino si sta sbracciando in mezzo alla strada.»

«Grazie, non mi interessa» rispondo, ma un sorriso malizioso mi si stampa sulla faccia.

Ringraziamenti

Grazie ai ragazzi, alla “Famosa”, a “Occhio stretto”, a “zio Mimmoshow”, alla “Commessa”, a “Zero punto vita”, Anaissaindieta, alla "Sarda firmata”, alla “Maltonessa”, alla “Danzatrice calva”, alla “Vecchia”, alla “Nana”, al “Mago”, a “Fotografando Patrizia”, a “Sacchedebadade”, a “Tarta”, a “Naso”, a Gigi, al “Caride”, alla “Barba con la faccia intorno”, a Sonik, a Totò, Brando, Annina, Nanà, Rocco, Teresa, Giorgino, Maggie e Davidone, alla Giuly, alla Carla, a Denise la cozza e a Francesca Gioia sempre e comunque.

Arnoldo Mondadori Editore S.p.A.

Questo volume è stato stampato
presso Mondadori Printing S.p.A.
Stabilimento Nuova Stampa Mondadori - Cles (TN)

Stampato in Italia - Printed in Italy